HISTOIRE GÉNÉRALE
DES COMMUNES
DE FRANCE

MAURICE LECOMTE

HISTOIRE DE MELUN

JOUVE & Cie, ÉDITEURS
15, rue Racine, 15
PARIS

HISTOIRE GÉNÉRALE
DES COMMUNES
DE FRANCE

MAURICE LECOMTE

HISTOIRE DE MELUN

JOUVE & Cie, ÉDITEURS
15, rue Racine, 15
PARIS
—
1910

HISTOIRE DE MELUN

AVANT-PROPOS

L'histoire de la ville de Melun, qui forme ce petit volume, n'est pas le premier en date des ouvrages de ce genre consacrés à cette ville intéressante.

L'avocat Sébastien Roulliard, en 1628, Nicolet en 1845, Gabriel Leroy en 1887 ont consacré à leur ville natale ou d'adoption, chacun un volume. Ces ouvrages sont plus ou moins rares et de valeur diverse ; celui de Gabriel Leroy est remarquable.

L'auteur des pages qui suivent n'aurait pas voulu les écrire si le petit volume nouveau n'avait dû faire partie d'une importante collection, dans laquelle Melun doit évidemment figurer.

Tous les détails de l'histoire de Melun ne tiennent pas dans les trois ouvrages indiqués ; le millier d'articles, études, mémoires, épars de tous côtés qui les relatent, et dus en grand nombre au regretté Gabriel Leroy, forment une mine très riche.

Il convient d'y ajouter les ressources très importantes qu'offrent les divers dépôts d'archives et les bibliothèques tant à Melun qu'à Paris et dans des collections privées. L'auteur de cette nouvelle histoire de Melun a cru de son devoir de ne point négliger les sources d'information si nombreuses.

Armoiries

Le blason de la ville de Melun porte : *Une couronne antique sur azur avec semis de fleurs de lys d'or, chargé d'un château sommé de trois tours, maçonné et ajouré de sable.*

Dessous une bande vole avec cette devise rappelant les tristes jours de siège et de famine de 1420 : *Fida muris usque ad mures* (fidèle à ses murs jusqu'à manger des rats).

Cette devise, composée à la fin du XVIe siècle par l'historien melunais Sébastien Roulliard, en remplaçait une plus ancienne ainsi conçue : *Ex uno per plurima tendit ad unum.*

CHAPITRE PREMIER

Topographie et aspect général. — Statistique. — Structure
du sol. — Les six quartiers : Saint-Aspais, Saint-Etienne,
Saint-Ambroise, Saint-Barthélemy, des Carmes, Saint-
Liesne.

La ville de Melun, située à l'extrémité inférieure
du riche plateau de la Brie, occupe les coteaux de la
rive droite de la Seine, une île dans ce fleuve et
s'étend sur la rive gauche dans les plaines qui sont
aux confins du Gâtinais.

La partie briarde, la plus importante, comprend
au centre le quartier Saint-Aspais ou la ville, à l'est
le faubourg Saint-Liesne, au nord l'ancien faubourg des Carmes ou quartier du Palais de Justice,
au nord-ouest le faubourg Saint-Barthélemy. La partie gâtinaise est l'ancien quartier Saint-Ambroise ou
du Chemin de fer, étendu dans la plaine de la Varenne et vivifié par le mouvement que donne le Chemin de fer de Paris à Lyon. Le quartier Saint-
Etienne ou la Cité occupe l'île.

La ville est, en général, bien bâtie et percée de
voies commodes et larges. Les quartiers Saint-Aspais
et Saint-Etienne ont encore quelques rues étroites,
souvenirs du vieux Melun. De belles promenades

ont été prolongées à l'est vers Vaux-le-Pénil, à l'ouest vers le Mée.

L'approvisionnement de la ville se fait journellement grâce à l'activité industrieuse des villages voisins, notamment de Vaux-le-Pénil, et plus abondamment aux marchés des mercredi, vendredi et samedi, ce dernier le plus important.

Les habitants ne sont pas les paresseux dont parlait en un mémoire un intendant sous Louis XIV, mais au contraire laborieux.

La fertilité de l'arrondissement rural, l'extension de l'agriculture, des établissements industriels d'importance diverse, le fonctionnement de distilleries, et aussi les administrations publiques de ce chef-lieu du département, tous ces éléments contribuent à l'activité économique et au développement social de la ville.

Le recensement de la population à la date du 4 mars 1906 accusait alors pour les deux cantons de la ville, canton nord et canton sud, une population respective de 8.652 et 5.256 habitants, ensemble 13.908, en augmentation depuis cette date.

La flèche du clocher Saint-Barthélemy est à 48 degrés 32 minutes 32 secondes de latitude, et à 19 minutes 10 secondes de longitude est du méridien de Paris. On sait qu'en 1795 Delambre et Méchain mesurèrent entre Melun et la commune de Lieusaint une des bases qui servirent à déterminer l'arc du méridien compris entre Dunkerque et Perpignan.

Deux petites pyramides placées l'une à l'entrée de

Lieusaint, l'autre à l'extrémité du faubourg Saint-Barthélemy, marquent les extrémités de la ligne ainsi mesurée.

Le territoire de Melun, dont la contenance totale est d'environ 703 hectares, est borné à l'est par les territoires de Vaux-le-Pénil et Maincy, au nord par ceux de Rubelles, Voisenon et Vert-Saint-Denis, à l'ouest par celui du Mée ; au sud, par ceux de Dammarie-les-Lys et de la Rochette.

La différence de niveau entre les deux parties principales du territoire est sensible. L'élévation au-dessus du niveau de la mer, de 40 mètres environ en quelques endroits de la Varenne, atteint 75 mètres dans les parties les plus hautes sur la rive droite, et même 93 mètres à la butte de Montaigu, isolée dans la plaine de Saint-Barthélemy.

La composition des terrains varie dans les deux parties principales du territoire. Tandis qu'au-dessus de la Seine, du côté de la Brie, le sous-sol est une couche puissante de calcaire d'eau douce, dur, compact, jaunâtre ou blanc, tendre, crayeux, avec coquilles d'eau douce, le sol présente une couche souvent siliceuse et la meulière avec végétaux ; des atterrissements anciens ont laissé au sud de la Seine, un mélange de sable de gravier et de cailloux roulés, de silex de la craie, de galets de granit, de fossiles amenés de rivières de la Bourgogne, l'Yonne, la Cure, le Voisin, et aussi des blocs erratiques de grès, de calcaires et de meulières. Des débris d'animaux de la période quaternaire, notamment de mammouth, visibles au musée de la ville, ont été trouvés dans les sables inférieurs de la Varenne.

Si de ce côté l'on peut extraire des sables utilisables, on emploie d'autre part pour la construction le calcaire des plateaux au nord de la ville ; et surtout la pierre meulière de Vaux-le-Pénil et du Mée. On fabrique encore dans le faubourg Saint-Liesne et dans l'ancien faubourg des Carmes une chaux de bonne qualité, de réputation fort ancienne ; et le hameau des Fourneaux était habité par des chauffourniers, qui avaient leurs règlements, leur corporation et leurs syndics.

Le calcaire de la partie nord de Melun contient un lit de marne argileuse, verte, fossile ; et le sol des prairies du voisinage est formé par une couche semblable. Les sables dits de Fontainebleau, mêlés de blocs de grès, employés dans la construction des routes, se trouvent dans la plaine de Saint-Barthélemy.

Un petit affluent de la Seine, l'Almont ou Anqueuil, en amont de la ville, coupe la partie nord de la ville et sépare les terres de Saint-Liesne et des Carmes.

Les quartiers de Saint-Aspais, Saint-Etienne et Saint-Ambroise avaient leurs fortifications distinctes et pouvaient être défendus séparément, comme il arriva sous Jean le Bon, au temps de Duguesclin et sous la Ligue. Les quartiers ou faubourgs Saint-Barthélemy, des Carmes et Saint-Liesne, étaient loin des murs ou à découvert.

Le *quartier Saint-Aspais* avait : l'église paroissiale
dédiée à Saint-Aspais, fondée sous les premiers
Capétiens, entourée, suivant l'usage, d'un petit cimetière ; la place du Martroy, devenue plus tard le
marché au blé et où l'on exécutait les criminels et
allumait les feux de joie ; l'Hôtel-Dieu Saint-Jacques, s'élevant sur cette place ; *l'ostel de la Crosse*,
remplacé par l'hôtel des Postes et Télégraphes ; les
Grandes Halles, agglomérations d'étaux et de boutiques, à l'entrée du Martroy et à l'angle de la
Grand'Rue supprimées en 1787 ; vis-à-vis les Halles
et à l'encoignure de la Grand'Rue et de la rue aux
Oignons (rue de l'Hôtel-de-Ville), la *Maison des
Piliers*, formant abri les jours de marché ; dans la
Grand'Rue, le four banal, appartenant au roi ; plus
bas, à l'angle de la rue au Lin, les Petites Halles,
appartenant aux moines de l'abbaye de Saint-Père,
où l'on vendait viandes, chairs et poissons ; enfin
le Châtelet, siège de la justice royale, construction
massive en forme de pavillon, à l'entrée du Pont
aux Fruits et démoli en 1792.

De la rue de la Juiverie où s'élevait la synagogue
on passait par un « archelet » dans la rue Neuve où
l'on voyait l'hôtel des Leconte, famille de robe,
investie des principales charges de la magistrature
melunaise aux xviie et xviiie siècles, édifice aujour-
d'hui occupé par l'école communale des filles.

La rue aux Oignons (de l'Hôtel-de-Ville) possédait quelques hôtels bourgeois habités par les principaux habitants et magistrats, notamment l'hôtel

des Cens (xvᵉ siècle), dont la tourelle se voit dans la cour de l'Hôtel de Ville actuel, bâti de 1846 à 1848.

Les murailles ou fortifications du bourg Saint-Aspais élevées sous le règne de Philippe-Auguste, percées de trois portes : de Paris, à l'ouest ; des Carmes ou du Vieil-Marché au nord ; de Saint-Jean, à l'est ; partaient de la Seine, à la tour Messire Pasquier, suivaient les fossés de la Douve (boulevard Saint-Jean) pour gagner la porte Saint-Jean, suivaient les rues de l'Eperon, Duguesclin et des Fossés, joignaient la porte de Paris, côtoyaient les rues des Boissettes et Vaugrain, et aboutissaient à l'ouest au bord de la Seine à la Tour des Pieux.

En 1420, au temps du siège des Anglais, des ravelins ou terre-pleins furent adjoints en avant des murs jugés insuffisants, et plus tard en 1588 Ambroise Bachot, capitaine ingénieur d'Henri IV, compléta le système de défense des portes Saint-Jean, des Carmes et de Paris au moyen d'éperons ou terrepleins maçonnés fortement, contre le canon. Les traces de ces additions à l'enceinte subsistèrent jusqu'en 1845. Le dernier des éperons occupait l'emplacement du square de l'Hôtel de Ville.

Le *quartier Saint-Etienne* ou la Cité, berceau de Melun, dans l'île, relié par deux ponts aux deux autres parties de la ville, est un quartier devenu fort moderne. Il a pour église paroissiale l'ancienne église collégiale Notre-Dame, fondée à l'époque carolingienne et reconstruite sous les premiers Capétiens, puis au milieu du xixᵉ siècle. Au midi et sur

le bord de la Seine était l'Hôtel-Dieu Saint-Nicolas, desservi successivement par des maîtres et
administrateurs, des religieuses Annonciades (xvie-
xviiie siècles) et des Sœurs grises ; ses derniers vestiges ont disparu en 1835 et son emplacement est
occupé par la Maison de force et de réclusion.

Sur la place Notre-Dame, à l'extrémité de la rue
du Four, qui doit son nom au four banal, s'élevait
dès avant l'an 1000 l'église Saint-Etienne, démolie
en 1792.

Dans la rue du Franc-Mûrier se trouve l'ancien
Hôtel de la Vicomté, construit au xvie siècle ; à l'ouest
de l'île s'élevait le château royal, et dans le voisinage le jeu de Paume, le prieuré Saint-Sauveur dont
il reste encore de minces vestiges, l'église des
Coches, démolie en 1866.

Le port, creusé et construit dès le xviiie siècle, est
décoré par un square spacieux, bien planté et d'un
agréable dessin dans lequel on a créé en 1886 un
jardin botanique, grâce à la libéralité d'un enfant de
Melun, le docteur Victor Roussel, décédé à Paris, le
17 décembre 1874.

L'île était entourée de remparts bâtis au xiie siècle
sur des vestiges de remparts gallo-romains du
ve siècle et mieux défendus ensuite au moyen d'éperons et du fort de l'Hirondelle par le capitaine
Ambroise Bachot vers 1590.

Le *quartier Saint-Ambroise* était aussi entouré
de fortifications particulières de la tour du Guin-
dant, à l'est, jusqu'à la tour Mauger, aujourd'hui lieu

dit la Porte Richard, près du boulevard Chamblain. Cette ligne de murailles était percée de deux autres portes : de Samois, à l'est, d'Etampes à l'ouest, bouchées en 1358 et jamais rouvertes.

Le quartier avait l'église Saint-Ambroise, construite vers le xiie siècle, la chapelle de Saint-Michel, le monastère de la Visitation Sainte-Marie, fondé sous Louis XIII, et le monastère des Ursulines occupé ensuite par les Frères de la Doctrine Chrétienne ; et l'hôtel de l'Arquebuse près de la porte de Bierre.

Le pont qui reliait ce quartier au quartier Saint-Etienne était couvert de moulins, suivant une disposition que l'on voit encore à Meaux ; il a disparu en 1836. Le pont actuel a remplacé en 1870-1871 un pont suspendu.

La caserne de cavalerie qui occupait l'emplacement des édifices religieux mentionnés plus haut a été rasée en 1906-1907 et un quartier neuf se construit.

Les abattoirs situés au bord de la Seine à côté du boulevard Chamblain datent de 1840 ; le barrage éclusé de la Seine, de 1862.

L'école normale d'institutrices primaires a été construite en 1880, d'après les plans de M. Bulot père, architecte.

Le *quartier Saint-Barthélemy* était jadis assez pauvre. L'église du même nom, dont il ne subsiste plus que le clocher, reconstruit en 1737 et restauré en 1858, était ancienne. Elle avait été incendiée et détruite par les Anglais et les Bourguignons au xve siècle, par les Ligueurs en 1589 et 1590 ; souffrant de tous les malheurs qui frappaient les habitants du quartier. Vis-à-vis l'église et sur la crête du coteau était l'abbaye bénédictine de Saint-Pierre ou Saint Père fondée à l'époque mérovingienne, détruite par les Normands, et en 1590 par La Grange-le-Roy, gouverneur de Melun. L'ancienne abbaye est le siège de la préfecture de Seine-et-Marne.

Le quartier est aujourd'hui des plus habités ; les rues du Nord, Saint-Louis, des Fossés, Malgouverne, y ont été ouvertes dans le courant du XIXᵉ siècle.

Le petit édifice de pierre en forme de pyramide tronquée qui existe à l'extrémité du faubourg à l'intersection des routes de Paris et de Brie est la limite de l'une des bases du triangle qui servit à mesurer en 1795 une partie du méridien terrestre pour déterminer la longueur du mètre.

A 2 kilomètres environ sur la route de Paris, était la maladrerie de Saint-Lazare, servant de refuge aux lépreux.

Le *quartier des Carmes* ou du Vieux-Marché, aujourd'hui bourgeois, jadis rural, avait le monastère des Carmes déchaussés, pourvu d'une importante bibliothèque, ruiné en 1420, en 1590 ; il a aujourd'hui le Palais de Justice, la Caserne de gendarmerie, la Maison d'arrêt et le Collège, très belle construction édifiée en 1883, d'après les plans de M. Touzé, architecte à Rouen, sous l'administration de MM. Bancel, maire, Porchon et Balandreau, adjoints.

Le *quartier Saint-Liesne*, sur le rive gauche de l'Almont, avait une église du XIᵉ siècle, une chapelle

de Saint-Jean-Baptiste détruite en 1590 et un monastère de Franciscains où la révolution établit l'hôpital
actuel, civil et militaire. A l'extrémité du faubourg
sont l'Ecole normale d'instituteurs primaires et la
Station agronomique de Seine-et-Marne.

La caserne d'infanterie occupe les bâtiments d'anciennes manufactures de toiles peintes et de cotonna-
des fondées vers 1775 et arrêtées vers 1825.

Le quartier possède aussi de jolies propriétés et
des maisons élégantes. Il est le plus éloigné de la
station du chemin de fer.

CHAPITRE II

Melun avant la conquête romaine. — Anciens usages religieux. — Le primitif *Metlodunum*, d'origine gauloise. — Les soldats romains à Melun. — Débris archéologiques. — La Ville gallo-romaine. — La prédication du christianisme : Saint-Aspais. — Melun et le pays de Melun sous les Mérovingiens. — Melun atelier monétaire. — Melun sous les Carolingiens : destructions par les Normands (858, 862, 886, 909, 924). — L'église Notre-Dame.

L'excellente situation de Melun en fit, dès les temps les plus anciens, un lieu d'habitation pour des peuplades dont les traces se trouvent nombreuses et quelquefois intéressantes sous forme d'outils de pierre, haches, couteaux taillés ou polis.

Des sépultures gauloises avec objets de bronze et de fer explorées à Vaux-le-Pénil ; des statères gaulois en or et des pièces en potin, trouvées à Maincy ; des monnaies à l'effigie de Dumnorix et d'Orgétorix, chefs gaulois contemporains de César et des rouelles en plomb et des monnaies des Carnutes et des Eburovices, sont évidemment des témoignages plus précis d'un séjour constant et prolongé de peuplades gauloises.

D'anciens usages, comme le feu de la Saint-Jean, la croyance aux fées et aux sorciers, la vénération de sources, aussi bien celles de Saint-Liesne et de

Sainte-Gemme que celles de Saint-Hilliers à Savigny le temple, de Sainte-Anne à Vitry près Guignes, de Sainte-Osmanne à Féricy, de Sainte-Reine au Châtelet, de Sainte-Geneviève à Coubert, sont des traditions gauloises.

Le culte des divinités ou puissances infernales se pratiquait sans doute au lieu dit autrefois La Pierre au Diable, vers La Rochette, dont on a fait Pet au Diable.

Les forêts environnantes connaissaient sans doute les mystères des Druides et l'on sait que Lieusaint rappelle un lieu consacré dans la forêt de Sénart, où les chefs gaulois se réunissaient.

Il est probable que Melun, dont l'existence propre et personnelle au temps de César est certaine, était déjà sous les Gaulois le chef-lieu d'un pays ou *pagus* qui devint sous les Romains un district administratif. Les *Commentaires* de César mentionnent d'ailleurs la ville de Melun et la qualifient ville forte, *oppidum*, en l'appelant de deux noms assez différents : *Metiosedum* et *Melodunum*. On a beaucoup discuté naturellement sur les deux formes, sur le véritable nom et sa signification ; je ne veux pas relater ces controverses, mais il semble bien que la forme primitive correcte est *Metlodunum* et qu'il faut comprendre *forteresse de Metlos*. En tout cas on trouve dès le xiiie siècle *Melehun* et dès le xive *Meleun*. La ville primitive était comprise dans l'île et par conséquent peu importante bien que la principale de la contrée, puisqu'elle était un *oppidum*, c'est-à-dire une place forte de la nation des *Senones*. La Seine formait par ses deux bras un rempart naturel. Les habitants belges et gaulois étaient commerçants ; les cinquante bateaux que Labiénus, lieutenant de César, y trouva, en sont un témoignage. Ces premiers Melunais se servaient du fleuve, ce chemin qui marche.

Après la conquête, un temple à Teutatès où Mercure s'éleva, à l'orient, sur l'emplacement de Notre-Dame. On y a trouvé en 1865 des *ex-voto* à ce dieu.

La conquête cependant ne s'était pas faite sans que les premiers Melunais eussent pris part à la défense nationale et que les Romains eussent emporté la ville par la force. Les habitants de *Melodunum* avaient pris rang parmi les soldats de Camulogène pour couvrir Lutèce, contre Labiénus et ses quatre légions venant d'*Agedincum* (Sens), par la rive gauche. Les Romains traversent la Seine sur un pont formé aves les cinquante bateaux des habitants de *Melodunum*, et, par la rive droite, marchent sur Lutèce. La défaite et la mort de Camulogène permettent à Labiénus de se porter sur Alise où la nationalité gauloise trouva son tombeau. Les Romains sans doute occupèrent Melun dont l'avantageuse situation ne pouvait être ignorée de ces hommes prévoyants, non plus que celle de Montereau fault Yonne (*Condate*).

Les nombreuses trouvailles d'objets de l'époque gallo-romaine, signalées dès le xvi\ e siècle, ont permis de savoir ce que fut la ville pendant les premiers

siècles de notre ère. L'archéologie a aidé l'histoire.
Elle a montré que la cité, à l'étroit dans l'île, s'est
étendue dans ces terrains d'alluvion dits la Varenne,
formant de ce côté un *vicus* ou bourg ; que deux
ponts en pierre joignaient l'île aux deux rives ; que
l'île était coupée à angle droit par deux voies, l'une
entre les ponts, l'autre du temple de Mercure au
castrum ou réduit fortifié construit à l'extrémité
occidentale de la cité ; que l'architecture du temple
était d'ordre corinthien, avec colonnes cannelées et
chapiteaux richement ornés.

Des débris de monuments votifs, de statues, de
tombeaux, sont conservés au Musée de la ville. Ces
pierres parlent. Elles voisinent avec des statuettes
en bronze de dieux lares ou génies protecteurs du
foyer domestique, des moulins à bras dont les meu-
les sont en grès du pays, des poids en terre cuite,
des ustensiles de ménage en poterie commune grise
ou noire ou en poterie dite de Samos rouge et ver-
nissée.

La cité avait ses thermes ou bains, quelques autels
ou monuments dédiés à Hercule, à la déesse Isis,
la déesse Pomone, à Mercure, et même un atelier de
fausses monnaies, et, au sud-ouest, les arènes ou
cirque, enfin, un peu au-delà, une vaste nécropole.

La transformation de la ville gauloise en la ville
gallo-romaine, dont les vestiges sont importants et
nombreux, se fit dans le premier siècle après la conquête.

Un agent de civilisation entre alors dans l'his-

toire : le *Christianisme* prêché dans la région sénonaise par les saints Savinien, Altin, Eoald, Victorin
et Sérotin, contre les pratiques du paganisme encore
sauvegardées par la protection des lois, jusqu'au
jour où les invasions des peuples d'outre-Rhin forcèrent les Gallo-Romains à sacrifier souvent les pierres de leurs monuments religieux pour construire
des remparts, comme il advint à Meaux, à Sens, à
Langres, au Mans, à Rouen, aux iv° et v° siècles.

A la fin de cette dernière époque, un changement
considérable s'accomplissait dans le sort de la ville.
Clovis s'emparait en 494-495 de Melun et le donnait à son fidèle Aurélien, qui, sans violence prit la
place du fonctionnaire romain. L'Eglise resta debout
au milieu de la chute de la domination romaine et
la ville de Melun faillit, sous Childebert I, devenir le
siège épiscopal d'une nouvelle circonscription ecclésiastique, au désir même des habitants. Elle resta
dans le diocèse de Sens jusqu'en 1790.

L'évangélisateur de la région melunaise au vi° siècle, saint Aspais, mourut à Melun et un sanctuaire
fut élevé plus tard en vénération de sa mémoire.

Melun et son *pagus* furent disputés entre les fils
et petits-fils de Clovis et firent successivement partie
de plusieurs royaumes.

Ces changements de souverain auraient pu être
indifférents aux Melunais si les événements militaires n'avaient pas causé quelquefois leur ruine.

Les rois mérovingiens, comprenant la puissance
civilisatrice de l'Eglise, favorisaient la fondation des

monastères : Melun eut celui de Saint-Père et la collégiale des chanoines de Notre-Dame ; car on croit
que ces deux établissements ecclésiastiques ont été
fondés sous la première race.

L'importance de Melun où nos premiers rois sé-
journaient quelquefois est attestée par l'existence
d'un atelier monétaire, dont on a trouvé des *triens*
ou tiers de sol d'or frappés par les monétaires *Mau-
rinus, Fulcoaldus* et *Adrebertus*. Le nom officiel de
Melun aux VIᵉ et VIIᵉ siècles s'y lit : *Meclidone*. La civilisation franque a laissé d'autres traces matérielles :
ce sont des vases en verre ou en poterie, des ampoules
de verre, des armes, des agrafes de ceinturons et des
fibules, trouvés dans des sarcophages en pierre, de
forme trapézoïdale, recouverts de dalles monolithes
présentant deux plans inclinés.

La monarchie carolingienne va faire revivre les
traditions gallo-romaines et doucement effacer les
souvenirs barbares et germains, souvent pénibles
pour nos populations.

Charlemagne envoie en 802 à Melun, Meaux et
Provins, deux délégués (*missi dominici*), Fardulphe,
abbé de Saint-Denis et Etienne, comte de Paris, pour
l'inspection et la surveillance des affaires publiques.
Après la mort de Charlemagne (814), le pays va
connaître de mauvais jours par suite des dissensions
de ses petits-fils, mais surtout des invasions normandes.

Les Normands, attirés par la richesse de la Gaule,
pénétrèrent dans la Seine plusieurs fois et remontè-

rent jusqu'à Paris, puis vers 858-862 jusqu'à Melun. La ville fut détruite pendant cette période. Le comte Odon, successeur d'Athon (1), avec l'assistance d'un brave guerrier, Girard de Roussillon, se retrancha dans la cité, qui fut prise, saccagée, brûlée. Melun était encore « languissant et affaibli des ravages » lorsque les Normands revinrent en 886. Le passage des Normands dans une région était la ruine complète ; les Melunais la subirent pour la deuxième fois. Sans doute, ils apprirent avec joie la nouvelle de l'échec des Normands sous les murs de Sens, puis de leur destruction par la maladie sous les murs de Paris (887).

D'autres hordes normandes passèrent à Melun en 909 sous les ordres d'Hasting et de Bier, et encore en 924 ; mais le 6 décembre de cette année elles étaient rudement battues à Chalmont, près Fleury-en-Bière, par les troupes de Garnier, vicomte de Sens, d'Anseïs, évêque de Troyes et de Gosselin, évêque de Langres ; car, contre les Normands, les évêques allaient à la bataille.

L'atelier monétaire de Melun continua à frapper sous les Carolingiens et l'on connaît des deniers de Charles le Chauve, Charles le Simple et de Lothaire II portant le nom du Château de Melun.

Depuis assez longtemps, le temple de Mercure et les autres autels païens avaient disparu ; mais c'est

---

1. Il avait reçu le comté en 834 de Louis le Débonnaire, à titre de bénéfice.

en l'année 827 seulement que l'on trouve la première mention certaine de l'église Notre-Dame, peut-être fondée au VII° siècle à la suite de la prédication de Saint-Aspais. Cette église était qualifiée petite abbaye et dotée de propriétés foncières.

Avec la chute de la dynastie carolingienne et l'avènement de la capétienne en la personne de l'un des grands du royaume, Hugues Capet en 987, Melun prend dans l'histoire un rôle plus actif et ses annales deviennent moins obscures et plus intéressantes.

ÉGLISE NOTRE-DAME

CHAPITRE III

Relèvement de Melun. — Melun pris, par Eudes de Blois (999), rendu au roi par les Normands. — Siège. — Séjours du roi Robert et de ses successeurs. — Epidémies ; création d'hôpitaux et de maisons-Dieu (au Martroy et dans l'île). — Mort de Philippe Ier à Melun. — Création de quatre foires franches par Louis VI (1120). — Origine des fortifications du bourg Saint-Aspais (vers 1139). — Bienfaisance de Louis VI. — Les lépreux de Melun. — Melun, ville du domaine royal ; son administration ; premières traces d'un organisme municipal : corps de notables vieillards ; la police des marchés ; les mesures (Charte de Louis VII, 1178). — Ecole de l'abbaye de Saint-Père. — L'enseignement d'Abélard (1137-1139). — Passage d'Alexandre III, pape (1163). — Les commerçants juifs à Melun. — Contingent pour les milices. — Philippe Auguste à Melun. — Installation des Hospitaliers de Saint-Jean. — Louis VIII à Melun (1224-1225). — Concile de 1225. — Le four banal. — Séjour de la reine Blanche de Castille. Le testament de Simon du Châtelet (1259).

A la fin de l'époque carolingienne la destruction de Melun était à peu près complète et la population ruinée. L'Eglise luttait, ici comme ailleurs, contre la décadence. L'archevêque de Sens, Sewin, avec l'assentiment de Hugues Capet, représenté par le comte Bouchard, releva l'abbaye de Saint-Père et l'église Saint-Etienne (991). La population reprit confiance et changea bientôt de maître, lorsque Gauthier, à qui Bouchard avait confié la place, livra celle-ci à un rival du roi de France, Eudes II, fils du comte de Tours, de Chartres et de Blois (999). Ce furent des Normands qui, sous la conduite de Robert et de leur duc Richard, rendirent, par la force, Melun au roi de France, eux dont les ancêtres avaient deux fois détruit la ville. Le siège de la ville et du château avait duré plusieurs mois et le châtelain Gauthier et sa femme, sa complice dans la trahison, avaient été pendus « au mont qui penche sur la ville », dit le chroniqueur Eudes de Saint-Maur. Cette victoire des troupes royales accumula de nouvelles ruines : misère et désastre en advinrent. Le roi Robert, « vraiment pieux et débonnaire », résolut, pour les réparer et les adoucir, de séjourner à Melun, et ses successeurs, confiants dans la forte situation de la ville, s'y établirent assez fréquemment au château.

La ville bénéficia de ces séjours royaux et se reconstruisit et s'accrut surtout sur la rive droite de la Seine : le quartier ou bourg de Saint-Aspais était créé et, dans son voisinage immédiat, des églises s'élevaient, consacrées à saint Barthélemy et à saint Liesne et devenaient comme le centre de groupements d'habitations : nouvelles paroisses, quartiers nouveaux. Le roi Robert favorisait d'ailleurs les fondations religieuses, dont chacune était comme une « cellule » sociale ; il constitua le collège des chanoines séculiers de Notre-Dame en jetant les premiers fondements de l'église actuelle ; il fut bienfaiteur des moines de Saint-Père et de ceux du prieuré de Saint-Sauveur. Il mourut le 20 juillet 1031 et les conteurs des XII⁰ et XIII⁰ siècles ont à l'envi célébré ses vertus, vanté la tranquillité de son règne.

Melun lui devait son relèvement, c'est-à-dire tout. Son fils, Henri I⁰ʳ, continua fort heureusement ces traditions excellentes et fit de Melun son séjour de prédilection. Ses bienfaits aux établissements religieux s'appliquaient aussi à tous les gens qui en dépendaient et, dans cette dépendance, trouvaient protection et vie paisible. La mort de Henri I⁰ʳ (4 août 1060), fut un événement malheureux pour les Melunais : les exactions de son fils Philippe s'ajoutèrent aux cruautés d'une peste pour arrêter l'essor de la ville. Toute la région fut désolée et la ville de Provins souffrit durement des épidémies.

La création des hôpitaux peut être datée de cette époque et Melun eut deux maisons-Dieu, l'une au faubourg Saint-Aspais, sur la place du Martroy, l'autre dans l'île, près de la collégiale Notre-Dame. L'admission des deux sexes indistinctement dans chaque établissement cessa bientôt et l'on admit les hommes de la maison-Dieu du Martroy, dite aussi de Saint-Jacques, patron des pèlerins, et les femmes à l'hôtel-Dieu du Château, placé sous le patronage de saint Nicolas. L'entretien des hôpitaux, dont les revenus étaient insuffisants, était une charge publique à laquelle nul propriétaire foncier ne pouvait se soustraire.

Melun vit encore mourir un roi de France, Phi

lippe Ier, qui termina ses jours le 25 juillet 1108 dans
son palais reconstruit.

Ses obsèques furent célébrées magnifiquement au
milieu d'un grand concours de peuple, dans l'église
Notre-Dame et le corps fut transporté et inhumé dans
l'abbaye de Saint-Benoît-sur-Loire.

Louis VI le Gros, son fils, fit de fréquents séjours
au château de Melun, dans l'intervalle de ses expé-
ditions guerrières contre le seigneur du Puiset et les
châtelains de Montlhéry et de Corbeil.

C'est à Melun que le nouveau roi reçut en avril
1110 l'hommage lige de Thibault IV, comte de Blois,
de Champagne et de Brie, spectacle nouveau auquel
les grands vassaux des rois de France n'avaient pas
accoutumé leur suzerain.

Le roi fit en 1120 un acte intéressant pour l'histoire du commerce local en accordant à l'église
Notre-Dame le privilège notable d'établir quatre
foires franches aux quatre fêtes de la Vierge, avec
défense à tous ses officiers et sergents d'y faire aucun
exploit de justice, ni d'y réclamer aucune prestation,
redevance ou coutume. Ces foires furent abolies en
1308 lorsqu'à la place de leur droit de foire franche,
Phillipe IV assigna aux chanoines douze sols parisis
sur les revenus des halles et bouchers.

Les religieux de Saint-Père avaient aussi le droit
de tenir au mois d'août une foire que le siège de
1420 supprima en fait.

Le quartier Saint-Barthélemy avait aussi une tenue analogue de transactions commerciales.

Les premières fortifications du bourg Saint-Aspais paraissent avoir été construites peu après 1139 ; et cette ville fut parfois nommée bourg des Fossés, du nom de son primitif système de défense, antérieur à l'édification de la muraille de pierre. Les séjours fréquents et prolongés du roi à Melun avaient évidemment favorisé la prospérité de la ville.

Sa piété s'exerça au profit des lépreux, malheureux tenus à l'écart par mesure sanitaire et par l'effroi qu'ils inspiraient, relégués hors les villes et contraints de porter un costume spécial et de prévenir de leur passage au moyen de cliquettes de bois. Louis le Gros donna à ceux de Melun la dîme de pain et de vin de la dépense royale et cette libéralité s'exerçait encore en 1364, mais seulement pendant les séjours royaux.

Melun, ville du domaine royal, était administré, depuis l'extinction de la race de ses comtes, par les officiers du roi et par le prévôt. Aucune trace d'administration municipale n'apparaît pendant la monarchie capétienne ; on verra seulement au xvi° siècle un syndic ou maire et des échevins.

Il y a trace toutefois qu'en 1178, Louis VII, voulant réprimer des coutumes injustes introduites en notre ville par ses officiers de justice, reçut le serment et le témoignage de vieillards dans le but de régler les usages et coutumes des habitants du Clos et du Marché, c'est-à-dire probablement du quartier Saint-Ambroise et du quartier Saint-Aspais. Le roi concédait à leurs habitants le droit d'y plai-

der et régler leurs différends, sans pouvoir être tra-
duits devant une juridiction étrangère sauf le cas de
flagrant délit un jour de marché ; précisait des sti-
pulations relatives à la police des marchés, aux
droits dûs par les vendeurs en place publique, à la
quotité du droit de péage des marchandises passant
sur le pont de Melun, à l'exemption de ce même
droit en faveur des marchands revenant des foires,
à la taxe exigée des bateaux et du coche amarrant ;
il réglait enfin les mesures de Melun sur la mesure
du roi : cette unification ne pouvait que simplifier
les transactions commerciales.

Cette charte, précieuse pour notre histoire, ne con-
tenait qu'en germe les libertés municipales plus tard
acquises ; elle eut en tout cas longtemps force légale,
car elle fut confirmée en 1512 par Louis XII. D'autre part, aucune autre ville du domaine royal n'eut
alors semblable document, ce qui témoigne de la sollicitude particulière de Louis VII pour Melun où il
résidait souvent.

L'enseignement, dès le xiii⁰ siècle, était donné en
l'abbaye de Saint-Père pour les jeunes gens de la ville
et des environs. Vers 1137, des écoliers, en grand
nombre, venus même d'Angleterre, d'Allemagne, de
Flandre et d'Italie, entendirent, ici même, les leçons
d'Abélard, bientôt interrompues pour y être reprises
jusqu'en 1139. Un de ses auditeurs, l'Anglais Robert
Filiot, garda si bon souvenir de ses études à Melun,
qu'il prit le nom de cette ville : il enseigna plus tard
sur la montagne Sainte-Geneviève à Paris sous le

nom de Robert de Melun. Il avait eu ici pour compagnons d'études deux ecclésiastiques, distingués
par leur science, Guillaume *de Militona* et *Leonius*
ou Liesne, sans doute Melunais.

Melun, qui avait reçu et gardé plusieurs rois, pouvait recevoir un pape : ce fut en septembre 1163,
Alexandre III, au milieu d'un imposant cortège de
cardinaux, archevêques, évêques, prélats et officiers.
La contestation de son titre et de ses droits par son
compétiteur Victor le forçait à chercher un refuge
en France. La réception à Melun fut magnifique.

Louis VII mort à Paris en 1180 fut inhumé dans
l'abbaye de Barbeau, par lui fondée auprès de
Melun. Sa veuve, la reine Alix, continuait de séjourner à Melun dont la possession lui était assurée par
son douaire. Le pré de Dame Alix sur le bord de
l'Almont, près du pont Saint-Liesne, conserve son
souvenir. Elle mourut en son château royal de la
cité en juin 1206.

Le commerce melunais à cette époque était surtout entre les mains des Juifs, qui y avaient leur
rue, leur école et une synagogue. L'accaparement de
richesses que Philippe-Auguste leur reprochait fut
cause de persécutions, d'expulsions hors du royaume
et de confiscations de biens.

Melun était astreint à fournir pour les milices
communales un contingent fixé par le roi, eu égard
à ses besoins et aux ressources en hommes que la
ville semblait en état d'offrir. La liste des nobles de
la Chatellenie ou bailliage de Melun, chevaliers ban-

nerets du roi au commencement du XIIIe siècle a été conservée ; tous possédaient plus de 5o livres de rente annuelle (alors environ 1.5oo francs de la monnaie actuelle) et disposaient de seigneuries dans le voisinage. Ils étaient astreints au service militaire personnel et devaient être accompagnés d'un ou plusieurs écuyers ou chevaliers servants.

Philippe-Auguste séjourna plusieurs fois à Melun, mais moins souvent que ses prédécesseurs. L'enceinte du quartier Saint-Aspais dut être complétée de murailles par ses soins.

Sous son règne, l'ordre religieux et militaire des Hospitaliers de Saint-Jean de Jérusalem s'installait fortement à Melun : ils ajoutaient à leur maison ou siège de la commanderie une chapelle et un cimetière.

Le séjour du roi au château de la cité fit choisir Melun pour la tenue de grandes assemblées, comme, en 1216, un concile du clergé de France et une séance solennelle du Parlement appelé à juger un différend relatif à l'investiture du comté de Champagne. Ces assemblées attiraient à Melun une affluence considérable de gens marchant à la suite de personnages presque aussi puissants que le roi, entre autres le comte de Bretagne et le duc de Bourgogne. La modeste cité s'animait et le commerce local y trouvait un élément de prospérité. Puis le calme se faisait de nouveau.

Louis VIII séjourna deux fois en 1224 et en 1225 dans notre ville où il convoqua en cette dernière année un concile à l'effet de régler la juridiction ecclésiastique ; mais aucun monarque ne séjourna plus longtemps au château de l'île que Saint-Louis. Sa jeunesse paraît s'y être écoulée sous la tutelle de la vertueuse reine Blanche de Castille, en un logis agréable, surmonté de l'oriflamme de France, *d'azur fleurdelisée d'or*. Une cour « grande et pleinière » s'y tenait et l'on voit en 1228 le roi intervenir dans une querelle entre les bourgeois de Saint-Ambroise et le chevalier Aubert d'Andrezel, qui les imposait injustement à son four banal. Les parties en vinrent à composition : les bourgeois devaient cuire au four du chevalier moyennant une redevance de 4 deniers pour un setier de blé, mais les fourniers d'Aubert devaient porter la pâte au four et rapporter le pain cuit aux maisons des bourgeois.

Les habitants de Saint-Aspais étaient astreints à la banalité du four envers le roi, aussi bien qu'à l'obligation de prendre la farine au moulin du Poignet, dépendant du domaine royal.

Des cours pleinières, assemblées de notables et de seigneurs, conseils, réunions du Parlement furent fréquemment tenus à Melun. Blanche de Castille, douairière du comté de Melun et de plusieurs domaines du voisinage, séjournait habituellement en la cité. Elle avait fondé, non loin, l'abbaye du Lys où elle mit des religieuses de l'ordre de Citeaux et dont on admire encore les vestiges d'une église magnifique. « L'an de grâce 1252, avint que la Royne Blanche estoit à Melun sur Seine, si li commença le cuer

trop malement à doloir, et se sentit pesante et char-
chiée de mal. Si fist hastivement trousser son har-
nois et ses coffres et s'en vint hastivement à Paris;
là fut si contrainte de mal qu'il li convint à rendre
l'âme. » Ainsi dit mélancoliquement la Chronique de
Saint-Denis : cette mort était pour les Melunais la
disparition d'une insigne bienfaitrice.

L'abbaye du Lys conservait pieusement le souvenir de la reine-mère et un lieu voisin des ruines de
cette maison s'appelle encore le Clos Saint-Louis.

Les sentiments dont le roi fit la règle de sa vie
étaient partagés par ses sujets. Son exemple fut
d'une haute éducation morale et le testament d'un
bourgeois de Melun, Simon du Châtelet, en 1259,
prodigue aux pauvres les revenus de biens considérables. Les actes d'humanité étaient ainsi fréquents
au moyen âge.

CHAPITRE IV

Le pays melunais. — Le comté et les comtes. — Le domaine
royal; droits et profits utiles. — La vicomté et les vicomtes : la Maison de Melun. — Les droits du vicomte. — Sa
juridiction; la juridiction royale.

Le territoire du pays melunais forma du IXe au
XIe siècle un comté dont l'histoire nous dit les
noms de quelques concessionnaires : Athon, Odon
au IXe siècle, uniquement chargés de représenter l'autorité royale; Bouchard au Xe siècle, véritable
possesseur du comté comme bénéficiaire héréditaire,
sous réserve de suzeraineté envers le roi; ensuite Ray-
naud, évêque de Paris, fils et héritier de Bouchard,
puis, au XIIe siècle, Robert.

Les premiers Capétiens, pénétrés de l'importance
de la situation de Melun, comme point stratégique,
s'appliquèrent à maintenir cette ville et son *pays*
dans le domaine royal et depuis lors, jusqu'au
XVIe siècle, le comté fut presque toujours compris
dans le domaine des veuves des rois de France;
ainsi Alix, veuve de Louis VII, Blanche de Castille,
Blanche de Navarre, veuve de Charles IV, Isabeau de Bavière, Catherine furent douairières
de ce comté, jouissant, à ce titre, de tous les
fruits et revenus, droits et prérogatives de cette

partie de l'apanage royal ; recevant les déclarations de foi et hommage des seigneurs ; laissant rendre en leur nom la justice par le prévôt royal, le garde du scel de la prévôté, les sergents et les clercs.

Les droits et profits utiles étaient nombreux et variés : les produits des censives sur les biens, terres et seigneuries, les recettes des droits de péage, la location des fours à bans, des droits de pêche, de boutiques et de place dans les marchés, la concession d'offices de judicature, du privilège des coches, voitures et allèges entre Melun et Paris, des joueurs de violon, du jeu de quilles au bâton, droits de mesures, etc. Tous ces droits étaient grevés de rentes en argent et de redevances en nature dues à des établissements religieux, hospitaliers et charitables, ou pour l'entretien de la voirie, des édifices publics, des fortifications.

La vicomté avait, de bonne heure, été un démembrement du comté, une fraction concédée à un personnage subordonné au comte et pouvant le suppléer dans des circonstances déterminées. Bénéfice temporaire, comme le comté, elle subsista jusqu'à la fin de la féodalité. Les vicomtes de Melun formèrent la Maison de Melun, ou plus exactement deux lignées dont la première s'éteignit en 1138 et la seconde qui partagea en 1285 la vicomté en deux parties plus tard réunies en 1655 en la personne du célèbre surintendant Fouquet.

La famille de Melun, dont les membres vivaient aux XIIᵉ-XIVᵉ siècles, fournit des personnages distin-

gués dans l'ordre militaire et dans l'ordre ecclésiastique.

Le siège de la vicomté était dans l'île Saint-Etienne,
en une forteresse voisine du château du comte, la
Porte Cocquerée, construite en forme de pavillon à
la tête du Pont aux Fruits ; une autre forteresse en
avant du Pont aux Moulins était le tribunal et la
prison.

Le vicomte avait ses vassaux et ses arrière-vas-
saux ; un bailli, un procureur fiscal, un greffier et
des sergents pour exercer les haute, moyenne et
basse justice, qu'il avait dans la ville, et percevoir
des redevances auxquelles il avait droit sur les boulangers, les pâtissiers, les cordonniers, les merciers,
les mégissiers, les corroyeurs, les tonneliers, les
bouchers et même sur les filles d'amour ou ribaudes
astreintes à porter ceinture dorée, signe qui ne
valait pas une bonne renommée.

La juridiction royale, plus importante que celle de
la vicomté restreinte à l'île, s'étendait dans les quartiers Saint-Aspais et Saint-Ambroise. Elle s'exerçait
par les prévôts, au nombre de huit pour les huit
prévôtés de Melun, Flagy, Lorrez-le-Bocage, Nemours,
Moret, Samois, Le Châtelet et Château-Landon,
dépendant du bailliage de Sens.

L'institution de nouveaux bailliages au XIVᵉ siècle
transforma les pouvoirs administratifs, judiciaires
et financiers au sein des villes.

CHAPITRE V

(Fin du XIIIᵉ siècle au XVᵉ)

Les ponts de Melun. — Séjours de Philippe III et Philippe IV. — Les démêlés avec Boniface VIII. — Condamnation des Templiers (1307). — Droits d'usage en forêt de Bierre ou Bière. — Les Melunais à Paris. — Commencement des désastres : peste de 1348 ; Guerre de Cent Ans ; Charles le Mauvais au château de Melun (1358). — Excès des soudards. — Le Dauphin Charles à l'abbaye du Lys (1359) ; attaque du Château : Duguesclin à l'assaut. — Melun repris par Charles V ; ses séjours au Château ; ses collections précieuses ; réformes administratives. — Charges de guerre. — Charles VI à Melun (1380, etc.). — Isabeau de Bavière y accouche deux fois ; elle reçoit le domaine royal de Melun ; sa vie fastueuse. — Les Bourguignons et Jean sans Peur à Melun (1405). — Les troupes royales à Melun (1418) : Tannegny-du-Châtel et Barbazan. — Assassinat de Jean sans Peur à Montereau (10 septembre 1419).

La situation de Melun devait naturellement donner à ses ponts une grande importance. Leurs extrémités étaient défendues, dans l'île, par le grand Châtelet, la porte Cocquerée et le petit Châtelet. Ils étaient bien entretenus, sauf les difficultés qui surgissaient pour le règlement du coût des réparations et reconstructions. Ils avaient en outre une utilité industrielle, par les moulins qui les flanquaient et sans doute fort peu de Melunais se souviennent des moulins sur pilotis du pont traversant le grand bras de la Seine détruits en 1836.

La ruine des ponts en 1280 nécessita leur réfection et leur remplacement par une nouvelle construction en pierre pour laquelle le vicomte Adam ne voulut fournir que les soles et planches. Les débats durèrent neuf ans, mais l'intervention utile de Philippe IV contraignit le vicomte à une contribution de 100 livres tournois (environ 2.500 francs) pour sa part dans les dépenses. Le roi donnait ainsi gain de cause aux officiers de justice de son domaine qui, dès le début de la contestation, avaient réclamé cette somme du vicomte.

Les rois Philippe III le Hardi et Philippe IV le Bel, son fils, firent de fréquents séjours en leur château de Melun et dans leurs maisons du Jard et du Lys, voisines d'abbayes de fondation royale. La proximité de la forêt de Fontainebleau et les plaisirs de la chasse que celle-ci procurait n'étaient pas étrangers à la prédilection de ces deux rois pour notre ville ; ils avaient d'ailleurs enlevé aux nobles de la châtellenie de Melun le droit de chasser les cerfs et les biches sur les terres de leur domaine, mais le Parlement de Paris maintint en 1291 les nobles dans les prérogatives dont la royauté voulait les dépouiller. La résistance à la volonté du roi durait depuis 1271 et c'est le vicomte de Melun qui avait entamé le procès. Le droit prima la force.

La tenue en 1300 à Melun d'une assemblée d'évêques pour la réforme de la discipline ecclésiastique fut pour cette ville l'événement qui termina le xiii° siècle.

Au début du suivant, les moines de Saint-Père eurent à connaître des démêlés du roi avec le pape Boniface VIII et ils se prononcèrent pour le roi de France (1303). Il ne faut pas conclure de ce fait en apparence étrange, que les moines, ici comme ailleurs, se détachaient du pouvoir pontifical, car en vérité nous ne savons pas jusqu'à quel point ils se prononçaient librement.

Les difficultés financières de Philippe le Bel eurent un contre-coup dans tout le royaume et par conséquent à Melun : les richesses des templiers excitaient sa convoitise autant que leur puissance lui portait ombrage.

Tous les templiers des maisons de la Châtellenie de Melun furent arrêtés et conduits le 12 octobre 1307 dans les cachots du château royal et laissés à la garde du confesseur du roi. Une persécution souvent en appelle une autre : après les juifs, les templiers.

Philippe le Bel séjournait fréquemment à Melun ou dans les abbayes du Jard et du Lys, préférant sans doute celle-ci, car il lui donna des reliques de son aïeul Saint-Louis, des ossements, son cilice et sa cassette, dans une châsse. La Révolution a dispersé ces objets et aujourd'hui le cilice est à l'église Saint-Aspais, la cassette, précieux monument d'ébénisterie rehaussé d'émaux du xiii° siècle, est au musée du Louvre, galerie d'Apollon.

Le désir du roi d'accroître son pouvoir dans les
villes qui étaient du domaine royal le poussa à échan-
ger contre certaines prérogatives, le droit qu'avaient
les chanoines de Notre-Dame de tenir quatre foires à
Melun. Ces réunions commerciales cessèrent d'exister (1308). Leur importance était d'ailleurs médiocre
à raison du voisinage de Provins, Lagny et Bray-sur-
Seine où se tenaient les célèbres foires dites de Champagne et Brie, sources d'importants revenus pour le
trésor royal, depuis la réunion de ces deux provinces
à la Couronne de France.

Le roi, dans sa sollicitude pour ses voisins, confirma
les privilèges et droits d'usage des habitants de Saint-
Ambroise dans la forêt de Bierre. Le droit de pâturage pour les bœufs et vaches était indispensable aux
ruraux de Melun. Ceux-ci payaient d'ailleurs au roi
pour l'exercice de ce droit, cinq deniers par feu,
c'est-à-dire par maison ou ménage ; ce qui dura jusqu'à la Révolution.

Il ne faut pas croire que la ville conservait tous
ses enfants : quelques-uns s'en allaient chercher fortune à Paris et le registre d'une taille en 1313 cite
une Agnès, un Jehan, un Lorenz, un Geoffroy, un
Adam, tous qualifiés de Melun.

Louis X ne vint qu'une fois à Melun ; Philippe V
séjourna plus souvent en l'abbaye du Lys ; Charles IV
ne vint pas du tout ; Philippe VI fit célébrer à Melun
en mai 1332 le mariage de son fils aîné, Jean, dauphin,
duc de Normandie, avec une fille du roi de Bohême,
Jean de Luxembourg, et en mai 1339 le mariage de

Béatrix de Dreux, fille du comte de ce nom, avec Thibault, chambellan du roi. La ville fut en liesse, comme bien on pense.

Les temps pénibles approchent ; ils dureront plus d'un siècle ; la guerre de cent ans commençait et ici, comme en tout le royaume de la France, ce sera désolation et grande pitié. Chacun des désastres de la France aggravera les impôts et diminuera les familles. La peste noire en 1348 remplit de victimes les villes et les campagnes. En ces circonstances, les Melunais ne reçurent pas de la reine Blanche de Navarre, veuve de Philippe VI et douairière de leur ville et du comté, les secours espérés. Elle n'avait pas la bonté d'Adèle de Champagne, femme de Louis VII, ni de Blanche de Castille.

Jean II le Bon a besoin d'argent pour lutter contre l'Angleterre qui a rompu la trève. Il impose les Melunais : le sel sera grevé de huit deniers par livre (28 décembre 1355). Le Trésor royal ne tira rien des habitants qui refusaient cet impôt et Charles V, le 15 janvier 1366, leur fit rémission de ce qu'ils devaient depuis dix ans pour la gabelle du sel et du porc salé. Le désastre de Poitiers eut une répercussion financière sur toute la nation, qui eut à payer la rançon des prisonniers français.

Des bandes armées, d'Anglais ou de simples malfaiteurs, parcouraient les campagnes. Melun se fortifia autour du quartier Saint-Ambroise. Les soldats de Charles le Mauvais occupèrent néanmoins le château par la trahison de Blanche de Navarre, sa sœur (4 août

1358). Les francs soudards du Navarrais obtinrent d'un Melunais, Jehan de Trois.Moulins, les clefs de la porte de Bierre et furent ainsi maîtres de deux quartiers, ravageant et pillant les villages voisins pour se procurer des vivres. Indignés de cette trahison d'un de leurs concitoyens, les Melunais des autres quartiers et les troupes du régent, Charles, « hardiment et fièrement » résistèrent aux Navarrais. Un maçon, Girard le Boursier, eut une conduite héroïque dans une sortie.

Les excès des soudards furent tels que des habitants des paroisses de Saint-Etienne et Saint-Ambroise s'en allèrent chercher à Paris un peu de sécurité. Charles le Mauvais vint lui-même, à la tête de deux mille combattants, renforcer sa petite garnison et faire de Melun une base d'opérations. Le Dauphin régent faisait fortement occuper le quartier Saint-Aspais, resté fidèle à la cause royale, dans lequel commandait en son nom Jehan, sire d'Andrezel, « capitaine de Melun et de Brie ». L'interception par les Navarrais des convois de vivres qui venaient par eau de la Bourgogne causa la disette à Melun et à Paris. Le Dauphin prescrivit que la garde des marchandises passant à Melun serait confiée à des gens d'armes. Les convois passèrent mais non sans coup férir et de nombreux débris d'armes du xivᵉ siècle ont été retirés de la Seine, près du pont et du château, et quelques-uns sont conservés au musée de Melun.

Au mois de juin de l'année suivante (1359), le

Dauphin se rendit à Melun à la tête de 3.000 hommes, fixa son quartier général à l'abbaye du Lys et, avec « deux grans canons garnis de pouldre, de charbon et de plommées », et surtout avec l'aide du fameux chevalier breton Bertrand Du Guesclin, il attaqua vigoureusement l'enceinte du château. La nuit mit fin à la lutte, curieusement relatée par le trouvère picard Cuvelier. Les reines Blanche de Navarre et Jeanne de Boulogne, celle-ci femme de Jean le Bon, enfermées dans le château, s'entremirent entre les deux adversaires et la paix fut signée à Pontoise le 21 août. Le même jour, Blanche cédait Melun à la couronne en échange d'autres apanages.

Le régent, rentré en possession de la ville et du château, mit la place en état. Quatre ans après il était roi de France sous le nom de Charles V et multipliait ses séjours au château, pourvu d'artillerie et autres choses nécessaires à sa défense. « Moult fit réédifier notablement son châtel de Melun », dit Christine de Pisan. « Il chassoit aucunes fois et s'esbattoit pour la santé de son corps, désireux d'avoir air doux et attrempé. » Il avait réuni dans ce lieu les économies de son trésor et des objets précieux et des livres richement reliés et enluminés. L'animation que la présence du roi et de sa cour donna au commerce local créa une période de prospérité pour tous, établissements et particuliers.

Des empiètements sur les droits du roi, de seigneurs et de simples bourgeois, furent sévèrement réprimés : l'ordre pouvait être introduit de nouveau dans l'administration civile et dans l'exercice de la justice. Jean des Granges, seigneur à Livry, dut renoncer au droit de justice qu'il s'était arrogé dans sa seigneurie à l'encontre du prévôt de Melun.

Les Melunais étaient encore tout émerveillés du somptueux cortège de Lionnet de Clarence, second fils du roi d'Angleterre, se rendant à Milan pour épouser la fille du duc Galéas (avril 1368), que les hostilités recommençaient entre la France et l'Angleterre.

La Normandie fut le théâtre de la guerre, mais les Melunais en subirent la répercussion financière par le relèvement des impôts que le gouvernement économe et sage de Charles V avait allégés, à condition toutefois que les bourgeois se fortifiassent sans retard.

Charles V mort (16 septembre 1380), son fils Charles VI occupe les loisirs de son jeune âge à suivre les « esbats des oiseaux de sa volière », à chasser dans le voisinage, à visiter les villages de Pouilly, Maincy, Blandy-les-Tours, Milly-en-Gâtinais et les abbayes du Jard et du Lys, dînant ici, logeant là. Les dépenses de son hôtel étaient importantes, 5.563 livres au moins par mois, soit plus de cent mille francs en monnaie actuelle, et profitaient au commerce de la ville. Les richesses accumulées par son père au château étaient d'ailleurs bientôt dilapidées. Les noces de son frère unique Louis, duc d'Orléans, avec la princesse Valentine, fille du duc de Milan Jean Galéas, émerveillèrent au mois de septembre 1389 les habitants de Melun.

La reine Isabeau de Bavière accoucha deux fois au château (1391 et 1394) et le second événement porta le roi à lui donner, à titre de douaire et de don de mariage, 25.000 livres de rentes sur plusieurs terres et seigneuries, particulièrement sur le revenu du pont de Melun, sur Moret, Nemours, Meaux et Crécy-en-Brie. Dix ans plus tard, le 5 juin 1394, il la gratifiait de la ville, châtel, châtellenie et terres de Melun, avec la forêt de Bierre et les villes et lieux de Moret et de Fontainebleau, pour les distractions royales dans les jours lucides au milieu de sa folie, de la chasse et garenne des grosses bêtes en la forêt de Bierre et ses appartenances. Il partageait ses séjours entre Melun et le château du Vivier, près de Fontenay-en-Brie.

Isabeau, qui vivait fastueusement en son château de Melun en compagnie du duc d'Orléans son beau-frère et commençait à prendre part aux affaires du royaume, ne craignit pas d'entrer en lutte ouverte avec le duc de Bourgogne, Jean sans peur : nouvelles hostilités dont la ville de Melun devait souffrir. Un corps d'armée campe dans la plaine de la Varenne (septembre 1405) ; il y avait *foison* de gens d'armes en Brie et en Gâtinais, qui « pillaient et détroussaient tout à la déplaisance du roy bien grande ». Leur rassemblement à Melun pour Isabeau et Louis d'Orléans fut une calamité pour la ville.

La mort tragique du duc d'Orléans dans la rue

Barbette, à Paris, le 23 novembre 1407, mit fin à la querelle entre les deux princes. Dès lors, chaque année, Isabeau séjourne plusieurs mois à Melun, par crainte des dangers qui la menacent à Paris. La petite ville est bien garnie de gens de guerre et de grands personnages, dévoués à sa cause et ennemis du duc de Bourgogne, l'accompagnent. La population melunaise tire profit de ces séjours, où l'on oublie un peu les misères qui étreignent la France et où l'on n'a pas à redouter les turbulences des parisiens et les soulèvements des écorcheurs et des bouchers. Les Melunais considéraient comme un bienfait la présence de la reine parmi eux et ils lui témoignaient leur dévouement. S'ils contribuaient au logement d'une partie de la garnison et au paiement de subsides pour la solde des gens de guerre, ils en obtenaient protection.

Charles VI révoqua en 1414 le domaine qu'il avait accordé à la reine et reprit possession de Melun. Celle-ci continua néanmoins de séjourner fréquemment au château, menant joyeuse vie jusqu'à son exil à Tours en 1417 à la suite de son rapprochement avec Jean sans Peur.

A la fin du mois de mai de l'année suivante le Dauphin de France et ses gens fuyant la sédition de Paris, les menaces de Perrinet Leclerc, l'invasion des Bourguignons dans la capitale, venaient chercher un asile dans la bonne ville de Melun qu'ils quittaient deux ou trois jours après pour se rendre à Bourges.

La garnison melunaise, sous les ordres de Tanneguy du Châtel et de Barbazan, se livrait à de continuelles sorties jusque sous les murs de Paris.

Le duc de Bourgogne et le Dauphin tentèrent vainement un rapprochement auprès de Melun (8-11 juillet 1419), ce qui eut été préférable sans doute au meurtre commis le 10 septembre sur le pont de Montereau par Tanneguy du Châtel. Barbazan éprouva de ce tragique événement un grand chagrin : il avait compris que toute espérance de paix avec les Bourguignons était anéantie. L'alliance de ceux-ci avec les Anglais se trouvait scellée.

CHAPITRE VI

Le traité de Troyes, conclu avec l'assentiment de l'inconscient Charles VI et d'Isabeau de Bavière, devait écarter du trône le Dauphin Charles et assurer la couronne de France au roi d'Angleterre Henri V, fiancé de Catherine de France (21 mai 1420). On

avait compté sans le vœu du peuple et le roi d'Angleterre recourut aux armes, prit Sens et Montereau
et assiégea, en compagnie de Philippe de Bourgogne,
fils de Jean sans Peur, la ville et le château de Melun.
Barbazan dirigeait la défense, aidé de Pierre de
Bourbon, sire de Préaux ; Nicolas de Giresme, grand
prieur des Hospitaliers de Saint-Jean-de-Jérusalem ;
Denis de Chailly, capitaine de Moret ; Guillaume de
Chaumont : Guitry, capitaine de Montereau ; Philippe
de Melun, seigneur de La Borde près Melun ; Louis
Juvénal des Ursins, sire de Trainel ; Tugdual de Ker-
moisan, dit le Bourgeois, vaillant écuyer breton. Les
6oo ou 7oo combattants rassemblés sous les ordres
de ces bons Français se retranchèrent fortement,
après avoir détruit l'abbaye de Saint-Père, qui était
d'une défense difficile et pouvait être utile aux assié-
geants. Les Bourguignons occupèrent les hauteurs
au Nord ; les Anglais, la plaine de la Varenne
(juin 142o). 20.000 hommes investissaient la ville.
Barbazan, que ses contemporains appelaient *le chevalier sans reproche*, opposa la plus grande hardiesse
aux efforts des ennemis et durant cinq mois, malgré
les privations de tout genre, les défenseurs de Melun
furent héroïques et patriotes. Les remparts faiblis-
saient autour de Saint-Aspais. Les assiégés entassaient dans les brèches force tonneaux remplis de
terre, de fascines, de merrain et de bois et multi-
pliaient les sorties pour arracher aux Bourguignons
un bastion élevé en dehors des murs du quartier
Saint-Aspais. Les Anglais reculaient devant l'assaut.

Les Bourguignons, plus audacieux, le tentèrent mais vainement. Les arbalétriers « les servoient de viretons par le dos qui entroient jusques aux pennons. » Barbazan laissa généreusement les vaincus relever leurs morts jusques sous les remparts et le roi d'Angleterre jugea, non sans ironie sans doute, que « si avoit ce esté vaillamment faict et entrepris que, en faict de guerre, fautes valoient exploicts. » L'un des plus valeureux défenseurs de la ville, l'un des plus adroits arbalétriers, fut, sous la robe du moine, dom Simon, ancien religieux de l'abbaye du Jard et alors religieux de l'abbaye de Jouy-en-Brie ; « luy seulement tua bien soixante hommes d'armes, sans compter les autres. »

L'artillerie des Anglais et leurs machines de guerre avaient déjà abattu les portes d'Etampes et de Samois, que les assiégés murèrent tout en combattant. Une mine est pratiquée ; une contremine, creusée et, à la rencontre sous terre, les outils deviennent des armes, et Barbazan lui-même, dans l'étroit couloir, maniait hardiment une courte hache et croisait le fer avec le roi d'Angleterre.

Les assiégés étaient réduits à se nourrir de la viande des chevaux, de paille, de rats et de souris.

L'argent manquait pour payer la solde des gens de guerre : 15 calices d'argent appartenant aux chanoines de Champeaux-en-Brie fournirent la somme nécessaire (8 octobre 1420).

Une épidémie dont « les gens mouroient à tas », amena des défections parmi les Anglais et Henri V alla quérir à Paris des troupes fraîches dont les chefs étaient Jean Le Gois et Jean de Saint-Yon, se disant « seigneurs des boucheries de Paris. »

La présence opportune de Charles VI et d'Isabeau dans le camp anglais, à la fin d'octobre, ne pouvait, aux yeux des Melunais, donner même une apparence de légitimité à l'attaque de leur ville ; et, à la sommation de rendre la ville au roi de France comme à leur naturel et vrai seigneur, ils répondirent fièrement « qu'à son état privé, ils feroient très volontiers ouverture au roy, sans en rien contredire, mais qu'au roy anglois, ancien ennemi mortel de France, point n'obéiroient. »

Cependant que les assiégés souffraient de la faim, il y avait grande liesse et vie joyeuse hors les murs. La poignée des défenseurs comprenait la grandeur du sacrifice. Ils n'espéraient plus aucun secours du Dauphin : des négociations furent entamées, la place rendue et Henri V d'Angleterre ne sut pas être généreux pour les vaillants qui avaient donné à ses troupes l'exemple de l'héroïsme. Il entra dans Melun le 17 novembre, fit emmener à Paris le 21, et durement incarcérer, la garnison et un grand nombre de notables habitants et soumettre Barbazan à la torture. Le brave moine dom Simon fut décapité avec un autre moine, son compagnon d'armes sans doute, cellerier de l'abbaye de Jouy-en-Brie. Melun et le pays environnant furent soumis à l'administration anglaise et au commandement du capitaine Pierre Le Verrault.

La chute de Melun eut un retentissement doulou-
reux ; la poésie populaire du temps, par de naïves
complaintes, célébra l'héroïsme de la défense et
conta les souffrances :

> Dire me puis sur les villes de France,
>
> Pauvre de biens, riche de loyaulté ;
>
> Qui par la guerre ay eu maincte souffrance,
>
> Et par la faim de maincts rats ay tasté.

La population appauvrie et décimée dut subir
l'occupation anglaise et bourguignonne. La campagne environnante était « en ruine et désolation ».

La nouvelle administration se montra, il faut
le reconnaître, sage et ordonnée.

Le remplacement des fonctionnaires du roi de
France par de nouveaux fonctionnaires ne pouvait
pas éviter les vexations et l'arbitraire inhérents à un
joug étranger.

Sur ces entrefaites Charles VI mourait « après
avoir parfourny la traicte du plus lamentable et pro-
digieux règne qui ayt été jamais veu en aucune
monarchie » et le trône de France se trouva disputé
entre le tout jeune Henri VI d'Angleterre et Charles VII, Dauphin de France. La guerre continua
donc de désoler le royaume. Melun toutefois restait
calme ; l'appréhension d'un nouveau siège et de luttes prochaines dans la région hantait l'esprit des
habitants. La merveilleuse carrière de Jeanne d'Arc
leur rendit courage. Après la levée du siège d'Or-

léans et le sacre de Charles VII à Reims, plusieurs villes de la Brie, Provins, Coulommiers, Crécy, s'étaient déclarées pour le roi de France. Les troupes françaises parcoururent la Brie, de Montereau à Nangis, puis de Nangis à Bray-sur-Seine, ensuite des rives de la Seine jusqu'à Dammartin-en-Goële, cherchant à livrer bataille au duc de Bedfort, qui se retirait prudemment sous les murs de Paris (1429).

Melun, comme toutes les villes soumises à la domination étrangère, n'attendait qu'une occasion favorable d'acclamer le roi de France et de se placer dans son autorité légitime.

Le gouverneur et capitaine général, Jean de Luxembourg et son lieutenant, Dreux de Humières, laissèrent un jour la ville dégarnie de leurs gens d'armes valides, alors en expédition dans le Gâtinais pour chercher des vivres (avril 1430).

La révolte éclate dans la ville et le commandeur Nicolas de Giresme et Denis de Chailly, prennent rapidement position dans la ville avec des détachements de troupes royales, et investissent le château où les Anglais et leurs partisans se sont réfugiés.

L'oriflamme aux fleurs de lys flotte sur le rempart et peu de jours après Jeanne d'Arc y vient camper (8-15 avril).

Elle y connut, par une inspiration merveilleuse qu'elle révéla au cours de son procès, qu'elle serait faite prisonnière « avant qu'il fust la Sainct Jehan et que ainsi failloit qui fust fait, qu'elle ne sesbahit, et print tout en gré et que Dieu lui aideroit. »

Vainement, les Anglais, venus de Corbeil au secours de leurs compatriotes bloqués dans le château, tentèrent de les délivrer. Ils battirent en retraite ; la garnison se rendit et Melun, après dix années d'administration anglaise, redevint libre sous l'autorité du véritable roi de France.

Après le départ des troupes royales, la ville n'eut plus que ses habitants pour défenseurs ; les campagnes étaient pillées par des bandes ennemies, les approvisionnements ainsi rendus difficiles, la ligne des remparts trop étendue pour être efficacement gardée ; et il advint qu'une nuit Richard de Malesbury, chevalier anglais, y pénétra par un coup de force et il fut investi du gouvernement de la place au nom du roi d'Angleterre (1432 après février). L'odieux joug des Anglais cessa bientôt.

Des bandes françaises, qui tenaient la campagne sous le commandement du seigneur de Rambouillet et d'un certain Lempereur, forcèrent de nouveau la garnison anglaise à se réfugier dans le château, puis à se rendre. Plus humains que le roi d'Angleterre, les Français permirent à leurs ennemis de sortir, la vie sauve et avec armes et bagages (juillet 1435).

Le roi de France avait cette fois bien recouvré Melun ; il ne put reprendre que l'année suivante (1436) Montereau, Château-Landon, Nemours, Paris.

Les Melunais, qui depuis quatre-vingts ans supportaient les désastres de la guerre, période néfaste en leur histoire, travaillèrent avec courage au relèvement de la ville et reprirent l'outil et la charrue.

La misère de 1438, des pluies continuelles, la famine, des épidémies, et aussi les déprédations, auxquelles se livraient dans les campagnes des compagnies françaises de gens de guerre, furent de nouveau pour la ville une évocation des plus mauvais jours.

L'état du pays était lamentable, des paroisses abandonnées, la perception des impôts à peu près impossible. L'Ile de France ne recouvra le calme qu'après que le théâtre de la guerre eût été porté en Normandie.

La vie melunaise reprit avec une certaine activité ; les changeurs des monnaies et métaux opèrent ; le numéraire circule, et l'impôt dont la permanence et fixité sont de création récente peut être perçu.

Le vieux château de Melun servait encore quelquefois de séjour à Charles VII et à la reine qui préféraient cependant les châteaux du bord de la Loire ; et aussi de prison d'Etat notamment en 1456 pour le duc Jean d'Alençon accusé de conspiration avec le Dauphin contre le roi et avec les Anglais contre la France. Le duc resta peu de jours entre les murs du château melunais.

Si la bataille de Montlhéry, au mois de juillet 1465, n'avait pas attiré dans le voisinage de Melun des bandes de soudarts qui « gastèrent et desconfirent les villages », la campagne aurait été indemne de toutes déprédations et les Melunais à l'abri de toute inquiétude. Cet incident fut de courte durée et la Brie, pendant près d'un siècle, pourra travailler à reconstituer son industrie agricole et son commerce.

Les moines de Saint-Père et les religieux Carmes réédifièrent leurs bâtiments ; et la reconstruction de l'église Saint-Aspais fut entreprise en 1468. Louis XI régnait ; il passa une fois auprès de Melun au mois d'octobre 1474 ; quant à la reine, elle s'y installa au château avec la dame de Châteauneuf et la dame de Saint-Priest.

Un fait de l'histoire melunaise attira l'attention du roi ; ce fut, à la fin de 1479, l'élection, par les religieux de Saint-Père, d'un successeur à leur ancien abbé Nicole Mesmes en la personne d'Etienne Rappouel. Non content de revendiquer l'application de la pragmatique sanction qui retirait au pape et attribuait au roi la nomination des dignitaires ecclésiastiques et la perception des revenus des titres vacants, Louis XI fit saisir et emprisonner au château de Melun, puis au château de Corbeil, le malheureux abbé, enferré comme un malfaiteur. Il fut toutefois rendu à la liberté après de mauvais traitements qui l'avaient mis en danger de mort.

La convocation des Etats Généraux à Tours, pour délibérer sur la conduite des affaires du royaume, à raison de la minorité de Charles VIII, donna l'occasion d'élections de délégués de villages. Les paysans étaient consultés et la Nation véritablement représentée.

Le bailliage de Melun eut pour délégués maître Gilles Beaunier, Georges de La Rochette, seigneur du Mée et d'Amillis-en-Brie, et maître Denis de Chaunoy, lieutenant général du bailliage et très notable bourgeois melunais.

Anne, fille de Louis XI, et Charles VIII séjournèrent à Melun vers la fin de 1485 et Marguerite d'Autriche, femme du roi, de 1491 à mai 1493, comme en exil. Charles VIII séjourna au mois de juillet suivant au milieu de ses « chers et bien amez les bourgeois, manants et habitants de la ville » et leur octroya sept foires annuelles à tenir aux mêmes jours et lieux que jadis. Les transactions commerciales y furent si faibles qu'elle disparurent, incapables de lutter contre la vogue des foires de Blandy-les-Tours et de Monthéty.

Louis XII, monté sur le trône en 1498, vint à Melun en octobre suivant, en août et septembre 1500 et en octobre-novembre 1504. Quelques-uns de ses actes intéressent notre histoire locale ; notamment la concession le 14 avril 1504 aux religieuses Annonciades, ordre nouvellement fondé, de l'administration de l'Hôtel-Dieu Saint-Nicolas qu'elles conservèrent jusqu'en 1771 ; la reconnaissance, et la confirmation, le 2 novembre 1504, des droits et franchises de l'Hôtel-Dieu Saint-Jacques ; la permission donnée le 9 mars 1506, aux bourgeois, manants et habitants de Melun de se livrer au tir de l'arquebuse. La compagnie des arquebusiers marcha en tête de la milice bourgeoise et cessa d'exister à la Révolution.

La rédaction des coutumes en 1506 est l'un des faits les plus intéressants de l'histoire du royaume

CHEVET DE L'ÉGLISE SAINT-ASPAIS

au commencement du xvie siècle. Les trois ordres du bailliage de Melun, clergé, noblesse, tiers état, assistèrent tant en personne que par procureurs ou mandataires à la lecture des articles.

Les discussions furent vives parfois, mais n'entravèrent pas le prompt achèvement du travail de rédaction.

La coutume, telle qu'elle fut publiée, eut force de loi en justice et l'ancien mode de preuve par le témoignage populaire, attestant l'existence de tel ou tel usage, fut supprimé.

La prospérité était réellement grande à cette époque. Les bourgeois reconstruisirent leurs *ostels* et le xvie siècle a laissé à Melun comme intéressants spécimens de l'architecture civile l'hôtel des Cens rue aux Oignons (actuellement rue de l'Hôtel-de-Ville), le logis des ducs d'Orléans-Longueville, dans la rue Saint-Aspais, le pavillon de la Vicomté, dans l'île Saint-Etienne, etc. ; mais c'est à peine si quelques traces en existent encore aujourd'hui : les lucarnes de la Vicomté se voient encore.

L'architecture religieuse de la fin du xve siècle et du commencement du xvie reste en un beau monument, l'église Saint-Aspais dont le chœur et le chevet ont été édifiés en 1506 sur les plans d'un architecte parisien, Jehan de Félin.

Vis-à-vis ce chevet, en la *grant'rue* un Melunais exerçait le commerce de mercerie, de bourses et d'aiguillettes en une maison où naquit le 30 octobre

1514 Jacques Amyot, le plus célèbre des enfants de Melun, l'érudit traducteur de Plutarque.

Il reçut dans la ville même l'enseignement des lettres grecques et latines : d'où l'on conclut que l'enseignement dit aujourd'hui secondaire était donné déjà dans les écoles melunaises.

François Ier, qui commença en 1518 la reconstruction du château de Fontainebleau, passa quelquefois à Melun, se rendant au pays de Bierre. Il était dans les murs à la Fête-Dieu 1518 et les chanoines de Notre-Dame le reçurent avec honneur au double titre de roi de France et de chanoine né, ayant l'entrée au chœur et au chapitre.

De temps à autre les campagnes et les villes étaient troublées par des bandes audacieuses : ainsi au commencement de 1526, lorsqu'à Melun, à Provins et dans toute la Brie « couroient... plusieurs maulvais garçons qui se disoient aventuriers... alloient et desroboient partout, efforçoient filles et femmes, tuoient, pilloient... et estoient en gros nombre, comme environ de six à sept mil hommes, tant de cheval que de pied ». L'éloignement des troupes royales et la captivité du roi leur donnaient cette hardiesse. La ville à peine remise de ces alarmes était ravagée par la peste au mois de juillet 1532.

Deux fois François Ier revient à Melun : en août 1537 et il fait usage, contre la fièvre qui l'étreint, de l'eau de la fontaine Saint-Liesne, si utilement qu'il requiert et obtient du pape Léon X une bulle pour solemniser et observer le 12 novembre de chaque année la fête du saint ; puis, au mois d'avril 1539, escortant l'empereur Charles-Quint.

Il ne séjournait plus à Melun, mais il y emprisonnait l'amiral Chabot de Brion et l'y faisait juger.

La vie des habitants n'était sans doute guère agitée par des faits de cette nature, non plus que par la réunion tenue en 1545, par le célèbre théologien Claude d'Espence et douze autres érudits docteurs de l'Eglise de France pour traiter des articles ou propositions à soutenir au Concile de France.

Les travaux exécutés aux édifices religieux intéressèrent davantage les corporations et les ouvriers. Les chanoines de Notre-Dame faisaient reconstruire la façade de leur collégiale et la tour du sud, pendant que Jehan Françoys, maître maçon et tailleur de pierres à Melun, en vertu d'un marché en date du 4 octobre 1545, mettait la nef de Saint-Aspais en harmonie et proportion avec le chœur et le chevet, édifiés depuis quarante années à peine.

CHAPITRE VII

Henri II à Melun (1558). — Espoir de paix. — Assemblée du bailliage pour la rédaction de la Coutume (1560). — La Réforme (vers 1560): le pasteur Pierre David. — Écoles protestantes. — Les états généraux d'Orléans : doléances du tiers état. — Inondations et grand hiver (1564). — Charles IX à Melun (1568). — Nouveaux impôts. — Soulèvement des huguenots (1575-1576). — Entretien des fortifications de la ville. — La Ligue catholique. — Etats généraux de Blois (1576). — Assemblée du clergé à Melun (1579) : prédications contre le pouvoir royal: Maurice Poncet, Melunais. — La peste de 1580 ; la famine; insuffisance des ressources. — Ligueurs et royalistes se disputent Melun (1588); bombardement de la cité; victoire des royalistes. — Le maire contre le roi. — Le corps municipal. — L'octroi d'une foire franche (de Saint-Martin).

L'histoire de Melun sous le règne de Henri II ne présente aucun fait saillant, et le peuple melunais aurait été fort heureux si, au printemps de 1556, une sécheresse excessive n'avait désolé toute la Brie. Le bon chroniqueur Claude Haton, ce curé du Mériot à qui l'on doit de si curieux mémoires, conte cette époque misérable: le peuple, croyant, invoqua dans sa détresse tous les saints de la religion et l'on alla en procession jusqu'à Corbeil « au corps sainct de Monsieur Sainct Spire ».

Le roi fit une brève apparition en 1558 au château

de Melun dont les occupants habituels étaient des prisonniers, de haut rang, il est vrai, comme il convenait à un château royal d'en recevoir, par exemple François de Coligny, seigneur d'Andelot, et Bouchard, maître des requêtes de Navarre.

La présence de ces personnages ne troublait certes pas la vie locale ; on craignait beaucoup plus que la guerre après la prise de Saint-Quentin (août 1557) ne fût portée dans l'Ile-de-France. La Brie aurait souffert comme tant d'autres fois. Le traité de Cateau-Cambrésis (avril 1559) fut le commencement d'une ère de paix entre la France, l'Angleterre et l'Espagne. Les Melunais célébrèrent un événement si heureux ; une procession se déroula par les rues de la ville et les chanoines de la collégiale chantèrent le *Te Deum*. L'année suivante, il y avait dans la grande salle ou réfectoire du couvent des Carmes, le 17 avril, une assemblée des trois états du bailliage. Les avocats et les procureurs discutèrent des points restés litigieux depuis la rédaction de la coutume locale en 1506, notamment la question relative aux droits des religieux et des religieuses dans la succession de leurs père et mère. Ils rentrèrent dans le droit commun. La coutume, d'ailleurs, ne fut pas simplifiée. Ses 212 articles furent portés à 344 articles et formèrent la législation du pays melunais jusqu'à la promulgation du Code civil. Les points obscurs n'en furent pas toujours complètement élucidés et c'est à la veille de la Révolution, en 1777, qu'un notaire de

Melun, Sevenet, en donna une bonne édition, avec les plus judicieux commentaires.

L'établissement de la Réforme à Melun doit être daté vers 1560. En tout cas, dès l'année suivante, l'Église réformée de Melun est connue ; elle a pour pasteur Pierre David qui fait ses prêches et les cérémonies cultuelles dans le faubourg Saint-Liesne. Les partisans de la religion nouvelle ont leurs écoles et l'on dut prendre des mesures de police pour éviter les désordres et contraindre le pasteur à s'éloigner de la ville. Il émigra à Chartrettes.

S'il put faire quelques prosélytes parmi les seigneurs du voisinage, par exemple la famille Arbaleste, à La Borde-la-Vicomte, la marquise de Rothelin, à Blandy-les-Tours, le peuple melunais n'écouta guère les prédications de Pierre David.

De nouveau, les populations furent appelées à se prononcer sur les affaires du royaume. Le baillage de Melun fut représenté aux états généraux tenus à Orléans.

Les doléances du tiers état portaient sur des réformes utiles et désirées : l'amnistie pour les faits de religion, l'érection d'un collège à Melun, la réforme de l'ordre judiciaire et du clergé, la liberté du commerce, l'unité des poids et mesures, l'exercice mesuré des droits seigneuriaux.

L'ordonnance d'Orléans fut un écho, un peu affaibli, de ces sages réclamations ; mais les luttes des catholiques et des protestants amenèrent dans les affaires publiques un trouble et une confusion qui ne permettaient pas l'application complète et méthodique des réformes.

Aux ravages des guerres religieuses s'ajoutèrent des inondations (1562), l'insuffisance des récoltes en blé et en « meschant vin », des gelées excessives.

> L'an mil cinq cens soixante et quatre
> La veille de la Sainct Thomas,
> Le grand hiver vint nous combattre,
> Tuant les vieux noïers à tas ;
> Cent ans qu'on ne veid tel cas,
> Il dura trois mois sans lascher
> Un mois outre Sainct Mathias,
> Qui fit beaucoup de gens fascher.

Les Melunais, fidèles au roi, et à l'abri derrière leurs murailles rétablies, n'eurent guère à souffrir des ravages que les huguenots exerçaient surtout dans les campagnes. Souvent aussi des troupes royales tenaient garnison au milieu d'eux et, à la fin de 1568, Charles IX lui-même s'y installait, avec de nombreux gentilshommes armés et montés et logeait en l'abbaye de Saint-Père, « laquelle, dit le vieil historien Roulliard, à cause de sa belle assiette, au haut d'un mont, la rivière en bas, les bois d'un costé et les prairies de l'autre, il appelait le Paradis terrestre ».

Le château, qui depuis un siècle environ ne servait plus de logement qu'à des prisonniers, n'était plus digne de recevoir le roi de France.

Le séjour des gens de guerre rassemblés dans leur pays, donna l'occasion aux Melunais de payer un supplément d'impôt, la taille des munitions (1567, 1568). L'avantage d'être protégé valait bien une contribution dans les dépenses.

Les protestants avaient motivé des déplacements de troupes et des précautions coûteuses furent l'objet de représailles. Les biens du seigneur de La Borde-la-Vicomte, Guy Arbaleste, furent saisis, ses meubles inventoriés, et une garnison occupa son château (1570). Deux ans après, la chapelle du château royal de Melun, transformée en temple par la marquise de Rothelin, dame de Blandy, vit célébrer par un pasteur de l'Église réformée le mariage de Henri Ier, prince de Condé, avec la belle Marie de Clèves.

A la volonté d'Henri III d'unifier le culte en France au profit du catholicisme, les protestants répondirent par une prise d'armes. Condé est battu par le duc de Guise, mais l'occupation des campagnes et des villes par les gens de guerre engendre à la charge de la région melunaise de nouvelles contributions en argent, en nature. Le roi y lève des munitions de blé, de vin et d'approvisionnements divers, sous forme d'emprunt, mais on comprend que le remboursement ne sera jamais fait. Les régiments des seigneurs de Beauvais et de Larchant, qui forment l'arrière-garde du duc de Guise et occupent Melun et Montereau, vivent aux dépens des habitants (1575-1576). Mais ceux-ci sont réduits à la misère et les bandes armées des deux partis qui ont signé la paix à Chastenoy-en-Gâtinais le 6 mai 1576, gagnent pour mieux vivre les rives de la Marne, où le pays a été « moins foulé et mangé que la Brie et vallée de la Seine. »

L'entretien de la ligne des fortifications melunaises était difficilement assuré par les habitants, dénués de ressources et le Trésor royal ne pouvait les aider ; la communauté des habitants eut la faculté, par lettres royales de 1575 et 1576, de recevoir temporairement deux sols parisis sur chaque minot de sel vendu et distribué au grenier de Melun et deux deniers par muid de vin passant sous les ponts de la ville. Ces perceptions sont d'autant plus intéressantes qu'elles constituent comme les premiers articles de recettes du budget municipal, établi dès lors chaque année. Et le personnage ou fonctionnaire qui, dès le commencement du xvi° siècle, avait le titre de « commis » au gouvernement de la cité, devint le procureur syndic, puis le maire, et l'adjonction d'échevins à la pluralité des suffrages compléta l'organisation municipale. L'administration communale était ainsi formée.

La constitution de la Sainte Ligue ou Sainte Union Catholique, dirigée contre les protestants, força le roi à convoquer les Etats généraux de Blois, à la date du 6 décembre 1576. Le clergé du bailliage de Melun y fut représenté par maître Jean Pigné, doyen de la chrétienté de Melun, la noblesse par Jean de Vallans, seigneur de Verneuil, et le tiers état par Loys Martinet, bourgeois de Melun. Le résultat de cette assemblée ne fut pas favorable à la paix, puisque le roi, en dépit de ses vues de modération, révoqua les mesures pacifiques précédemment prises au bénéfice des protestants. Bien que la Brie ne fut pas le théâtre des nouvelles hostilités, les réquisitions opérées dans le bailliage de Melun enlevèrent les chevaux pour le trait de l'artillerie et les charrettes pour le transport des approvisionnements (1577) : nouvelles charges pour nos Melunais.

La surveillance toutefois était continuellement exercée autour de l'enceinte et les ecclésiastiques concouraient avec les habitants à la garde des portes et au guet du sommet des tours et des clochers. Et ceci n'était pas inutile, car des bandes armées tenaient la campagne, lassant la maréchaussée, et d'après le témoignage de Claude Haton, « il ne fut novelle qu'elle attrapât un seul prisonnier ; au contraire fut descouvert qu'elle estoit compagnon des ditz voleurs ou pour le moins recéleurs à gages. » Les Melunais étaient bien défendus !

Nos compatriotes ne voyaient pas la fin de leurs peines. Une sorte de dysenterie, nommée le *courant*, jeta au tombeau nombre de gens que médecins, chirurgiens et apothicaires ne pouvaient secourir utilement ; la Seine inonda les bas quartiers, franchit le pont du faubourg Saint-Liesne et isola de la ville ce quartier (février 1579). L'année suivante, nouvelle épidémie de peste et de coqueluche.

Les charges pécuniaires qui pesaient sur les habitants de Melun, aussi bien que sur tous ceux du royaume, ne furent pas allégées comme on l'avait espéré lors de l'assemblée du clergé à Melun en mai-septembre (1579). Le roi, par la convocation de cette assemblée, avait en vue de faire renouveler le don gratuit des décimes ecclésiastiques, qui était sur le point d'expirer et fournissait au Trésor royal de trente à quarante millions.

En tout cas, les bourgeois et le peuple de Melun furent satisfaits du mouvement que cette réunion de dignitaires ecclésiastiques donna à la vie urbaine. Il y eut, dit le vieil historien Sébastien Roulliard, qui fut témoin oculaire de ces événements, « grand'fréquence de doctes prédications, de processions solennelles et prières publiques... Leur première procession générale commença le 21 juin, qui estoit le dimanche d'entre les deux Festes-Dieu, et de Sainct-Aspais se rendit à Notre-Dame, où la prédication fut faicte par messire Pierre de Villars, évesque de Mirepoix, qui ravit toute l'assistance et par les merveilles de sa faconde et par les raretez de son profond scavoir. Les aultres suivirent d'ordre de telle sorte que le matin des festes et dimanches, preschoit un évesque en l'église de Notre-Dame où se rendoit la procession, et un docteur à Sainct-Aspais, l'heure de l'après-dînée. Et ainsi continuèrent jusqu'à leur département, qui fut autant triste aux habitants et dur à supporter comme leur venue avoit été joyeuse et salutaire. »

Le Melunais Maurice Poncet, alors curé de Saint-Aspais, fut sans doute l'un de ces prédicateurs ; il appartenait à une vieille famille locale déjà honorée par Simon Poncet, médecin. La hardiesse de ses prédications, même contre les débordements de la Cour, le roi et ses favoris, faillit l'exposer à la vengeance royale, comme son ami l'avocat Le Breton, conduit au supplice pour avoir publié un pamphlet où il en appelait aux Etats généraux contre un roi hypocrite et débauché.

La peste qui sévit à Melun en 1580, fit oublier aux habitants les distractions de l'année précédente. Puis, ce furent des pluies et des inondations et, comme conséquence, la destruction des récoltes, la cherté excessive des denrées, la famine et la misère : triste succession de faits que les Melunais et les Briards connaissaient de longue date. Des misérables, par bandes, couverts de linceuls blancs, priant et mendiant, passaient dans les villages et dans les villes : c'étaient les processions blanches (1584).

Deux ans après, famine encore. Le son devenait une nourriture à défaut de blé. Le setier de blé sur le marché était passé de quatre et six livres à douze livres et plus.

Le budget communal ne permettait pas de soulager, par des mesures générales de libéralité, de telles misères : l'octroi sur le sel et sur le vin était destiné à faire face aux dépenses d'entretien des remparts : emploi nécessaire ; « pour obvier aux surprises que l'on pourroit fait d'icelle ville, ils sont contraincts entretenir certaines gens pour faire les guets, tant dehors que dedans la ville, auquel effect, par faulte de deniers et octrois, ont esté contraincts lever sur eulx grandes sommes. »

Les Melunais ne regrettèrent certainement pas les sacrifices qu'indiquent en ces termes les lettres royales du 16 mai 1586, lorsqu'après la journée des Barricades, en mai 1588, un ligueur, le capitaine de Saint-Pol, marcha sur Melun avec une bande de gens de guerre Albanais et un régiment régulier, pour s'emparer d'une des places qui commandaient le cours de la Seine. Le gouverneur de la ville, le brave Tristan de Rostaing, seigneur de Vaux-le-Pénil, Saint-Liesne et autres lieux n'avait que cinquante hommes d'armes des ordonnances du roi pour défendre toute la ligne des fortifications et il savait, chose plus grave à ses yeux, que des conspirateurs melunais voulaient livrer la ville aux ligueurs. Il se retrancha dans l'île Saint-Etienne et dans le faubourg Saint-Ambroise, confiant aux bourgeois de Saint-Aspais la mission de défendre eux-mêmes leur quartier, d'ailleurs infesté de partisans de la Ligue. Saint-Pol arrivant de Paris, se présenta tout d'abord devant les ponts-levis du faubourg Saint-Aspais, qui promptement s'abaissèrent. Nombre de maisons avaient été désertées par leurs habitants.

Tristan de Rostaing, « trop vieux pour trembler et bien honoré de pouvoir sacrifier le peu de jours qui lui restaient à vivre au service de son roi et de sa patrie », avait fait de la cité un camp retranché, que les couleuvrines et les bombardes assaillirent avec vigueur, détruisant la façade de l'hôtel de la vicomté et endommageant la tour du prieuré de Saint-Sauveur. Les assiégés pouvaient tenir longtemps, car

l'accès de la ville, du côté du Gâtinais, restait libre.
L'approche de troupes royales fit déguerpir Saint-Pol
et ses soldats, et lorsque les bourgeois de Saint-
Aspais furent en tête à tête avec les royalistes, les
écharpes vertes des ligueurs étaient soigneusement
cachées. D'ailleurs, Rostaing n'entendait point user
de représailles, bien que le faubourg Saint-Liesne,
dont il était seigneur, eût été détruit et que son château de Vaux-le-Pénil eût été incendié.

Le roi manifesta sa satisfaction de la belle défense
de Melun par des lettres de mai-juillet 1588, mais
il n'omit pas de réclamer aux Melunais une contribution de plus de quatre cents écus. Le maire, peut-
être un ligueur, Charles Riotte, à l'encontre des échevins, ne se préoccupa nullement de lever cette
somme.

Au temps où ce magistrat municipal était en fonction — et l'on voit qu'il ne craignait, en sa qualité de
tenir tête au pouvoir royal — l'organisation communale était constituée. Le maire et les échevins étaient
nommés pour un an à compter du jour de Saint-Remy.
L'élection avait lieu à la pluralité des suffrages des
habitants. Ceux-ci étaient convoqués par les gens
du roi, et à défaut de répondre à cette convocation,
une amende de dix écus applicables aux réparations
des remparts, frappait l'absent.

Le successeur de Charles Riotte à la mairie fut
Symon Mégissier, et ses trois échevins Claude Leconte,
Jean Legendre, Etienne Moyreau, tous élus le
2 octobre 1588.

On a vu que le maire de Melun résista à une augmentation des charges pécuniaires de ses adminis-
trés. Le roi, d'ailleurs, voulut aussi concourir aux
tentatives faites dans le but de venir en aide au commerce local. Sensible au souvenir d'une honorable
défense contre les ligueurs, il accorda aux habitants
des paroisses Saint-Etienne et Saint-Ambroise une
foire franche annuelle, qui fut bientôt (24 novembre 1588) appliquée à tous les quartiers aux lieux
accoutumés de marchés.

Les réunions commerciales instituées naguère à
Melun n'avaient pu être tenues pendant la longue
période de troubles et de désolations que l'on vient
de retracer. Plus tard, en novembre 1606, Henri IV
confirma l'établissement de la foire de 1588 et ordonna qu'elle se tiendrait chaque année pendant
quatre jours à compter du premier lundi après la
fête de la Toussaint. Cette institution est l'origine de
la foire Saint-Martin, rétablie en 1850 et tenue chaque année le 11 novembre, sans grand éclat d'ailleurs.

CHAPITRE VIII

Les ligueurs Melunais : Simon Poncet, poète. — Soulèvement armé contre les royalistes (1589) ; la garnison se rend. — Le duc de Mayenne occupe la ville. — Le conseil de l'Union. — Les « belles drôleries » de la Ligue. — Etats généraux de 1593. — La police urbaine. — Attaque, prise et occupation de Melun par Henri IV (avril 1590). — Le duc de Parme menace la ville. — L'atelier monétaire royal et l'imprimerie à Melun. — Quelques impressions rares de Claude Bruneval. — Le capitaine Ambroise Bachot et les fortifications de la ville. — Charges et dépenses. — L'exécution de Pierre Barrière ; le bourreau Jehan Malesche. — Reconstruction d'édifices religieux. — Les adieux d'Henri IV et de Gabrielle d'Estrées (1599).

Les ligueurs étaient nombreux à Melun et influents. Pierre Perrette, docteur en théologie, curé de Saint-Aspais, et Christophe Barbin, marchand bourgeois, capitaine de la ville, deux délégués, le premier par le clergé, le second par le tiers état, aux états généraux de Blois convoqués à l'encontre du duc de Guise, étaient parmi les plus ardents soutiens de ce prince à Melun. Un Melunais, Simon Poncet, poète, était secrétaire d'un membre de la famille des Guises, le duc d'Aumale, gouverneur de Paris. La nouvelle de l'assassinat du duc et du cardinal de Guise fit prendre les armes aux ligueurs de Melun (janvier 1589) et le gouverneur Tristan de Rostaing, se retrancha dans l'île. Le quartier Saint-Aspais était soulevé contre l'autorité royale pour « la religion », les ligueurs formant le parti catholique. L'une des victimes, au cours des arquebusades, fut Denis Morizet, notaire royal, capitaine de la paroisse Saint-Aspais. La compagnie du capitaine parisien Aubert et l'armée des princes catholiques, conduite par M. de Rosne, maréchal et général sous les ordres du duc de Mayenne, menèrent l'attaque vigoureusement contre les assiégés royalistes (février) et prirent d'assaut la porte Cocquérée et les ouvrages défensifs élevés à la tête du Pont aux Fruits, obligeant de Rostaing et sa petite troupe à se réfugier dans le château. Le mardi 28 février, le gouverneur au nom du roi se rendait et sortait avec les honneurs de la guerre. Il mourut deux ans plus tard le 7 mars 1591 au château d'Aunoy près Provins et fut enterré dans l'église de Vaux-le-Pénil avec Françoise Robertet, son épouse.

Pendant l'occupation militaire de la ville par les troupes de la Ligue, le duc de Mayenne concéda le 2 mars 1589 à Etienne Morizet, l'office de notaire royal au châtelet de Melun, vacant par la mort tragique de son père, et pourvut à la nomination d'un receveur des tailles. Mayenne substituait ainsi son autorité à celle des agents du roi. Les officiers du présidial et le lieutenant général firent de vains efforts pour maintenir les Melunais dans le service du roi et quittèrent la ville pour n'y rentrer qu'avec Henri IV victorieux en 1590. Les ligueurs avaient établi à Melun un conseil de l'Union, à l'exemple de celui de Paris, et assuré l'exercice de la justice en députant

M. de la Vergne, conseiller au Parlement de Paris.
Cependant les affaires étaient nulles. Les gens s'amu-
saient des « belles drôleries de la Ligue parisienne »,
répétées à Melun et subissaient, presque avec joie
le logement et la nourriture des soldats ligueurs,
alors qu'autrefois le logement et la nourriture des
gens de guerre du roi leur paraissaient un intoléra-
ble impôt. Pourtant les soldats ligueurs ne se faisaient pas faute de commettre des déprédations et
quelques-uns d'entre eux étaient sans doute ces
« gens malintentionnez » qui pillaient la maison
d'un bon ligueur melunais, Christophe Barbin. Processions, services en l'honneur des « saincts martyrs
MM. les duc et cardinal de Guyse frères », retraites
aux flambeaux : autant de cérémonies qui occupaient
le temps des bons Melunais, devenus peu actifs et
insouciants du véritable bien-être de la ville. Les
nouvelles successives de l'assassinat de Henri III, à
Saint-Cloud, de la proclamation du vieux cardinal
de Bourbon comme roi de la Ligue sous le nom de
Charles X, et de la proclamation du roi de Navarre
comme roi de France sous le nom de Henri IV, firent
prévoir aux Melunais que le règne des Ligueurs tou-
chait à sa fin. Mayenne agissait ici comme si son
occupation pouvait être d'une durée illimitée. Il y
convoquait les états généraux du royaume pour le
3 février, réunion qui n'eut lieu qu'en 1593 à Paris,
et on y frappait des doubles tournois et des écus
d'argent au nom de Charles X avec la date de 1590.
Du moins a-t-on trouvé en 1607 des coins et autres

objets qui avaient servi à battre monnaie « pendant les derniers troubles », et en 1826 près de la tour Hourdée une grande quantité de pièces, sans doute cachées au moment de la prise de la ville (avril 1590).

En outre pour la connaissance des faits de police urbaine avec le prévôt, les Melunais avaient élu pour six mois à dater du 12 janvier 1590, des juges politiques qui furent Jean Dubourg, conseiller en l'élection, Nicolas Piloust, bourgeois ; Robert Marinier et Pierre Henry, sergents au bailliage, Jacquet Moyreau et Nicolas Lamulle.

A la nouvelle des événements qui ne pouvaient rassurer les ligueurs sur l'avenir de l'Union catholique, la ville s'était mise en état de défense et les fortifications avaient été réparées hâtivement avec l'appui financier de Gabriel Pinot, président en l'élection. Les travaux étaient à peine terminés lorsque le 6 avril 1590 l'armée royale, commandée par Henri IV, s'installait sur les hauteurs de Saint-Barthélemy, des-Carmes et de Saint-Liesne.

Le maréchal de Biron et Givry l'ont précédé en éclaireurs ; il est nécessaire pour lui de s'emparer des places qui commandent la navigation de la Seine. La ville est rapidement investie au nord et à l'est et le parc de Vaux-le-Pénil sert de quartier général au roi de France. La porte Saint-Jean est visée par l'artillerie, sept pièces de canon et deux couleuvrines et la brèche sera bientôt ouverte.

La défense a un effectif de mille hommes environ, composé de soixante cavaliers, quatre cents hommes

de pied, les compagnies de milice et d'arquebuse,
le tout sous le commandement général du capitaine
Fouronne et avec l'appui enthousiaste du maire, des
échevins et des juges politiques. Il fallut aux bons
Melunais, ligueurs et autres, reculer de barricade en
barricade, de rue en rue et se retrancher enfin dans
l'île de la Cité, après avoir incendié le Châtelet à
l'entrée du Pont-aux-Fruits, lorsque les soldats royalistes eurent pénétré par la brèche. « Massacrèrent
plusieurs habitants, rompirent et enfoncèrent les
portes des maisons, leur fut permis le pillage par le
temps de trois jours », suivant le récit du bourgeois
Jean Lefebure, procureur au Châtelet. Les habitants
qui s'étaient réfugiés dans l'église Saint-Aspais ne
furent pas à l'abri des coups des soldats huguenots ;
des massacres ont lieu dans le sanctuaire ; l'église
est pillée ; des coups d'arquebuse sont dirigés sur
les sculptures des gargouilles et des porches. Les
cloches mêmes auraient été enlevées selon la coutume
qui voulait que toute ville forte ayant laissé tirer le
canon contre elle, devait perdre ses cloches, si les
marguilliers ne les avaient rachetées pour le prix de
trois cents écus d'or au soleil au profit du grand
maître de l'artillerie.

Il paraît que le pillage, qui dura en réalité quatre
jours et fit « une grande ruyne » de la ville, attris-
tait le roi ; mais la continuation de la résistance lui
causa surtout quelque mécontentement. Mayenne,
que les assiégés espéraient, n'arrivant pas, ceux-
ci se rendirent le 11 avril après un étroit blocus de

cinq jours. Les quartiers de Saint-Ambroise et Saint-Aspais, remplis de vivres, furent affranchis du pillage, mais le maire fut pendu : revanche des huguenots contre l'Union catholique.

Les affaires reprirent leur cours grâce aux efforts de Henri IV pour la reconstitution des services, aidé par maître Auguste Christophe de Thou, bailli de Melun. Le serment de fidélité, exigé, anéantit les velléités de résistance. Henri IV laissa à Melun une garnison suffisante pour la défense effective de la ville contre une attaque possible des troupes de la Ligue et institua pour gouverneur Jacques Le Roy, seigneur de la Grange-Nivelon, en Brie, avec le titre de lieutenant de Tristan de Rostaing, qu'il ne voulait pas déposséder de son office. Puis il marcha sur Nangis, au nord-est de Melun enfin pacifié. L'esprit de justice du roi de Navarre lui avait conquis de réelles sympathies et l'esprit de rigueur du sieur de La Grange imposait le..... respect.

L'approche du duc de Parme, qu'Henri IV n'avait pu empêcher de prendre Lagny, les incursions de ses soldats espagnols dans les plaines de la Brie, donnaient quelque espoir aux Melunais secrètement encore dévoués à la Ligue et inspiraient une vive appréhension au gouverneur de Melun. Symon de Saint-Loup, lieutenant d'une compagnie de gens d'armes, fut chargé de la garde du château. Anne d'Anglure seigneur de Givry, commandant pour le roi dans la Brie, et le capitaine de Parabère, amenèrent à Melun quatre mille hommes qui vécurent l'espace de qua-

tre mois aux dépens des habitants, chargés de leur
solde et d'imposantes fournitures de blé et de vin,
dont ils n'obtinrent que difficilement et tardivement
d'être remboursés.

Une attaque brusquée de Melun par le duc de
Parme aurait eu plein succès grâce aux complicités
des bourgeois ; le sieur de La Grange ne se dissimu-
lait pas ce danger, aussi la surveillance des remparts
devint-elle plus rigoureuse et la destruction des quartiers hors les murs fut-elle décidée et promptement
exécutée. Et le 20 septembre, on vit flamber le couvent et le faubourg des Carmes, l'abbaye du mont
Saint-Père, l'église et le faubourg Saint-Barthélemy,
la petite église de Saint-Jean-Baptiste, les maisons
situées dans le quartier Saint-Ambroise, au delà des
portes de Bierre et d'Etampes. Plus de deux cents
maisons furent ainsi détruites, après pillage. « Les
gens commandant pour Sa Majesté en la ville de
Melun firent faire cette ruyne », et la plupart des
occupants de ces logis se trouvèrent sans abri :
encore la revanche ou mieux la vengeance des
huguenots. La Réforme, par ses suites imprévues,
coûtait cher aux bourgeois de Melun. L'histoire de la
Brie tout entière en apporte d'ailleurs de nombreux
témoignages.

Le duc de Parme, laissant dans l'anxiété les Melunais, investissait Corbeil, ville d'aussi importante
prise que Melun à raison de sa situation par rapport
à la capitale. Les Espagnols firent seulement quelques incursions dans la région melunaise, jusqu'au

village de Saint-Germain-Laxis, dont les habitants tous cultivateurs subirent des pertes en denrées (octobre 1590).

Un hardi coup de main des officiers du roi de Navarre tenant garnison à Melun, délogea de Corbeil les Espagnols et rétablit les communications avec cette ville.

Henri IV vint fréquemment à Melun, jusqu'à la reddition de Paris (avril 1594) et s'y forma une petite cour, parmi laquelle on remarquait le cardinal Paul Romain de Gondy, Jean Dumoulin, trésorier de France, Antoine Dumée, peintre du roi, Claude Lemaire, secrétaire du roi, Hiérosme de Bragelone, qui fut inhumé en 1590 dans l'église collégiale de Notre-Dame en l'île, Etienne Pasquier, conseiller du roi, avocat en la Cour des comptes, le célèbre auteur des *Recherches sur la France*, Mme Cottin, mère de Lestoile dont le *Journal de Henri IV* relate les détails des événements locaux qui viennent d'être contés. Etienne Pasquier se plaisait fort en notre ville. De là il gérait son domaine de la Ferlandière au Châtelet-en-Brie ; l'un de ses fils commandait une compagnie de gens de pied sous le gouverneur La Grange Le Roy et une profonde et vieille amitié avec ce fidèle lieutenant du roi de Navarre lui était un bien précieux.

La Grange savait concilier habilement avec la surveillance rigoureuse des ligueurs l'esprit de conciliation entre les partis qui était le fond même de la politique de son souverain. Le 10 décembre 1591, il faisait baptiser par les prêtres de Saint-Aspais son fils François et choisissait pour parrain maître Jacques Riotte, pour tous les habitants : c'était flatter fort adroitement les bourgeois de Melun.

Si la ville même tirait profit de la présence de nombreux personnages notables, il n'en était pas de même des campagnes environnantes. Les fermiers ne récoltaient plus depuis quelques années et, par suite, ne payaient plus à leurs propriétaires les revenus. Le prix des denrées augmentait ; le bon blé valait en mai 1591, de deux à trois écus le setier (environ deux cents livres) ; le mois suivant, de trois à quatre écus, pour redescendre à deux écus cinquante sols vers la Saint-Jean. La poule n'était pas encore au pot ; il est vrai que Henri IV n'était pas encore roi reconnu de toute la France et qu'il n'avait pas encore formulé le vœu célèbre. Les populations rurales devaient se relever moins promptement que les populations urbaines.

Le ravitaillement de la ville de Melun fut assuré, tant bien que mal en 1592, par Barthe de Laffemas, dit Beausemblant, qui à la fonction de premier tailleur du roi, joignait celle de contrôleur général du commerce, cumul assez original. La ville servait de magasins généraux à l'armée royale, bientôt renforcée à Melun par la garnison de Lagny après la reddition de cette ville au duc de Mayenne. Les soldats blessés sous les murs de Paris, toujours assiégé, ou malades, étaient soignés dans l'hôpital Saint-Jacques.

La présence de la cour de Henri IV à Melun et la nécessité de répondre par des pamphlets aux pamphlets de la Ligue motivèrent l'installation d'une imprimerie par un certain Claude Bruneval, typographe parisien. Les produits de cet atelier sont rares aujourd'hui et recherchés des bibliophiles. Il fonctionna seulement jusqu'en 1598, et ses presses donnèrent au public notamment en 1593 le *Discours de la dignité et précellence des fleurs de lys et des armes des rois de France au Roy de France et de Navarre Henri IV de ce nom*, dont l'auteur est Jehan Gosselin, garde de la librairie (bibliothèque) du roi et « estant refugié par nécessité en cette ville de Melun », où il habitait rue des Buffetières, en la paroisse de Saint-Etienne ; — relation des *Cérémonies observées en la conversion du roy, qui fut le dimanche XXV juillet, jour de Sainct-Jacques et Sainct-Christophe, en la grande église de Sainct-Denys* ; le manifeste publié, sur l'ordre du roi, par Etienne Pasquier, à la suite de l'attentat commis à Melun (27 août 1593) et du supplice de Pierre Barrière, dit la Barre, au mois d'août ; deux opuscules théologiques dédiés par Lesné à Jacques de La Grange ; — *Remontrances au Roy de vouloir embrasser la religion catholique*.

La dernière impression melunaise sortie de l'atelier de Bruneval est en 1598 le *Gouvernail d'Ambroise Bachot, capitaine ingénieur du roy lequel conduira le curieux de géométrie en perspective*

dedans l'architecture des fortifications, machines de
guerre et autres particularités y contenues.

L'auteur, qui surveilla l'impression de cette œuvre
technique était un ingénieur habile fort apprécié du
roi. Le « capitaine Ambroise, logeant en la paroisse
Saint-Ambroise, près de la porte d'Estampes, fut
chargé de faire de Melun une place forte de premier
ordre. Il éleva en tête des portes Saint-Jean, des
Carmes, de Paris et de Bierre, des bastions avancés
ou éperons ; construisit à l'est du château, le fort
de l'Hirondelle, dans l'île, et fortifia de nouveau toute
la cité. Le musée de Melun possède un plan des
anciennes fortifications, dressé par Ambroise Bachot
en 1597 avec l'indication des nouveaux travaux
déjà exécutés et de ceux alors projetés.

Le commerce local et le transit des marchandises reprenaient peu à peu leur activité en dépit des
grosses taxes momentanément imposées par les tré-
soriers de France et réduites sur la réclamation des
habitants (1592). Mais il fallait payer les travaux du
capitaine Ambroise et deux des éperons ne coûtèrent pas moins de 50.000 livres ; il fallait aussi
payer l'entretien de l'armée et les Melunais y contribuèrent pour 2.000 écus, sur les 4.740 écus imposés aux villes de son bailliage (1593). Le produit
d'une nouvelle taxe sur le vin passant à Melun devait
être affecté au parachèvement des travaux défensifs
(avril 1594) ; les habitants eurent à indemniser par
une levée de 1.220 écus les propriétaires des maisons détruites pour l'agrandissement des fortifica-

tions (août 1594) et les habitants du bailliage furent contraints de contribuer pécuniairement aux avances du capitaine Ambroise. Mais « où il n'y a rien, le roi perd ses droits », beaucoup de ces taxes furent sensiblement diminuées.

Henri IV, par une première ordonnance du 11 août 1592 prescrivit le transfert à Melun de la Monnaie de Paris, pour fabriquer en notre ville des espèces au coin de ses armes. La rébellion l'avait contraint à déplacer de même les cours et juridictions qui ne pouvaient plus fonctionner régulièrement à Paris. Melun était une « bonne ville », dont « l'obéissance » ne lui paraissait pas douteuse ; et la frappe de la monnaie devait y être faite « en la même forme et manière qu'ès autres villes » en son obéissance. Il est probable que l'ordonnance du 11 août 1592 ne fit que consacrer une situation qui existait déjà en fait depuis un temps très peu postérieur à la prise de notre ville (7 avril 1590), surtout pendant le premier siège de Paris qui dura du 7 mai au 30 août 1590.

Le roi avait alors évidemment besoin de frapper monnaie et il le fit apparemment dans la ville où il avait installé au moins son camp d'organisation militaire. On connaît en effet des monnaies de Henri IV, datées de 1589 et 1590 avec la lettre A comme différent monétaire.

Le graveur de la Monnaie de Paris transférée à Melun reçut le 4 novembre 1593 des poinçons et matrices permettant la frappe à cette monnaie, de

demi-francs à l'effigie du roi, d'écus, de quarts d'écu
et de douzains. Ce fonctionnaire était Philippe Dan-
frie (l'ancien), graveur général des monnaies de
France. L'atelier fut fermé et transporté à Paris dès
que Henri IV se fût emparé de la capitale et, peu de
jours après, une ordonnance en date du 27 mars 1594
prescrivait la réouverture de l'atelier parisien et les
coins au nom de Charles X, jusqu'alors employés
étaient proscrits. Les coins employés à Melun furent
transportés à Paris et le surplus de l'outillage fut confié momentanément à un bourgeois de Melun, Riotte
qui renferma le tout dans un coffre et fit sceller ce
coffre dans un mur. La Cour des Monnaies fit retirer
tous ces objets par arrêt du 22 février 1606 et les
outils furent réexpédiés à Paris, après inventaire,
par les soins des autorités melunaises.

L'un des séjours d'Henri IV à Melun (août 1593)
fut assombri par « un détestable parricide entrepris
en la personne du roy, par Pierre La Barre dit Barrière », originaire d'Orléans, ancien soldat et marinier. Et l'impression melunaise contemporaine, qui
relate cette « histoire prodigieuse », dit aussi « comme
Sa Majesté en fut miraculeusement garantie ». Le roi
entrait dans Melun, par la porte Saint-Jean, au moment où l'on arrêtait le misérable, porteur d'un
couteau à double tranchant, fraîchement moulu et
aiguisé.

Le témoignage d'un gentilhomme, confidentielle-
ment informé par un Frère prêcheur, força l'aveu et
Barrière fut exécuté sur la place du Marché au Blé le

mardi 31 août, et, bénéficiant de la franchise de l'aveu et de son repentir, simplement étranglé par Jehan Malesche, « maistre des œuvres criminelles au bailliage ». Le malheureux bourreau, ainsi connu pour la première fois, vivait entouré de la réprobation publique. S'il était exempt de subsides, tailles et emprunts et avait droit de prélever au marché une cuillerée sur chaque sac de grains ou de légumes secs mis en vente, c'était sans doute parce que nul marchand n'aurait consenti à commercer bénévolemment avec lui ; car il était tenu à l'écart, comme les pestiférés et les lépreux, et sa maison, sise à l'angle de la rue du Chandé et de la place du Martroy, nom significatif, était peinte en jaune.

Etienne Pasquier, pour que les complices de Barrière ne portassent pas le bénéfice du silence, publia les révélations du malheureux, qui n'était pas le plus coupable.

Cependant le parti du Béarnais chaque jour s'augmentait de nouvelles et précieuses recrues. Lyon capitulait devant ses lieutenants et un *Te Deum* d'actions de grâces et des feux de joie célébrèrent à Melun cette joyeuse nouvelle (13 février 1594) ; aussi bien que des festins dont les comptes des dépenses de la maison du Roi donnent le détail luxueux et abondant.

Meaux, Orléans, Bourges, Corbeil et autres villes étaient au roi. Paris, bientôt, ouvre ses portes (22 mars 1594) et désormais le roi ne viendra plus souvent à Melun.

La ville conserva toujours une garnison de gens de guerre à pied, du régiment des gardes du roi, dont les bourgeois se distrayaient à voir au pré Saint-Jean les montres ou revues.

De notables personnages retournaient à Paris. Le gouverneur seul séjourna dans notre ville et augmenta son hôtel et le meubla luxueusement pour y recevoir le roi dans ses passages. Le célèbre surintendant des finances Nicolas Fouquet, en sera plus tard le possesseur et en fera le siège de sa vicomté. Des Melunais se souviennent d'en avoir vu jusqu'en 1874 le portail avec pilastres et fronton en grès et briques sur la rue du Franc-Mûrier ci-devant des Porceletz.

« Un cas estrange et mémorable » de neige épaisse et de gelée au milieu du mois d'avril 1595 causa une mauvaise récolte et la disette.

Le droit, confirmé en 1596, 1602 et 1608 aux Melunais, de percevoir 2 sols parisis sur chaque minot de sel vendu au grenier de la ville pour des travaux à la voirie et aux remparts, ajouta quelques recettes au budget de la ville ; la confirmation en 1602 de la foire annuelle à tenir pendant quatre jours à compter du premier lundi de novembre donna une vie nouvelle au commerce local.

Les religieux de Saint-Père et les Carmes ne pouvaient pas encore reconstruire leurs couvents faute de ressources. Les premiers tenaient un établissement d'enseignement des lettres grecques et latines, dans une petite maison de la rue de la Rose et vivaient

ÉGLISE SAINT-ASPAIS (AUTEL DE LA VIERGE).

de ce service public. Les marguilliers de Saint-
Aspais réparaient à leur église d'urgence les traces
du pillage et des désastres de 1590. Les ouvriers
avaient de l'ouvrage, grâce aux entreprises du capitaine Ambroise. Il quittait la ville au mois de juin
1599, peu de temps après avoir assisté, comme tous
les bourgeois de Melun, aux adieux de Henri IV à
Gabrielle d'Estrées, sur le port de la ville auprès du
coche d'eau. Ce spectacle fut le dernier événement
qui ait, au xvie siècle, occupé la curiosité de nos
bourgeois.

CHAPITRE IX

La société qui tenait alors à Melun le haut du pavé n'était pas la noblesse, mais plutôt la bourgeoisie, dont les membres notoires, bourgeois de Melun « par la grâce de Dieu » et animés d'un patriotisme local des plus louables, appartenaient aux famille Barbin, Cadot, Colleau, Dalençon, Guérin, Leconte, Mézée, Poncet, Riotte. L'histoire de la ville est remplie de ces noms comme le dallage des églises étaient parsemé des pierres tombales de ces bons Melunais. Les fils voulurent un jour quitter les professions familiales et s'en aller à la Cour, parader dans les antichambres. Quelques-uns échouèrent à la Bastille, pour dettes. La vie provinciale paraissait lourde et

monotone à ces esprits inquiets et fort peu avaient la
sagesse d'Estienne Pasquier, qui se vouait avec plaisir à ses vendanges, surveillait la cueillette et la vinée,
en son petit domaine rural de la Ferlandière, au
Châtelet-en-Brie. Les bourgeois de Melun appréciaient le vin de leurs vignobles et ceux-ci étaient
fort peu éloignés de la ville : les Mézées, le clos
Canevet, le clos Guérin, à Vaux le Pénil : le clos
Poncet, à Chartrettes ; la Dalençonne, au Mée. Vieux
lieux dits, vieux souvenirs. Mais où sont les vignes
d'antan ?

Le bon roi Henri avait su mettre fin aux déprédations des soldats traînards ; l'agriculture voyait une
ère meilleure, mais les lourdes charges des mauvais
jours, à peine oubliés, ne diminuaient que lente-
ment. De même le prix des vivres, qui avait subi une
hausse continuelle jusqu'en 1596 ; le blé se vendait
alors plus de quinze livres et il valut entre cinq et
huit livres dans les quinze premières années du
XVIIe siècle.

Quelques distractions rompaient la monotonie de
la petite existence des bourgeois ; ils avaient assisté
en 1599 aux adieux du roi à sa maîtresse ; ils acclamèrent un soir du mois d'août 1601 la reine Marie de
Médicis, se rendant, à petites journées, à Fontainebleau, où elle devait mettre au monde le futur
Louis XIII. Ils avaient plus curieusement regardé au
mois de mai le cortège de deux ambassadeurs de la
Sérénissime République de Venise, s'en allant trou-

ver le roi de France au château de Montceaux en Brie.

L'installation de nouveaux religieux, les Récollets, dans le faubourg Saint-Liesne, les Capucins au Petit-Paris, à l'extrémité du faubourg des Carmes, donna une nouvelle activité à la vie religieuse de la ville (1606). La reine et le roi prirent part aux cérémonies et processions qui accompagnèrent cette double installation. La pierre posée par le roi et la plaque de cuivre placée par le maire et les échevins, l'une et l'autre dans les fondations de la chapelle des Capucins, sont conservées au musée de la ville.

Au même temps la peste ravagea encore Melun et les environs et le corps municipal fut obligé d'emprunter d'urgence huit cents livres pour les « médicamens, nourriture et pansemens des malades de la contagion et au paiement des gaiges des chirurgiens, apoticaires et autres personnes ». En outre, il fallut réparer, moyennant semblable somme « la maison commune où se retirent les malades, en laquelle ils ne peuvent commodément loger les chirurgiens qui les pansent, pour avoir esté à demy ruynée durant les dernières guerres et par l'orage des vens ». Cette « maison commune », dite de *la Santé* était située au hameau des Fourneaux.

Si le roi ne séjournait guère à Melun, il y passait ou le visitait encore assez fréquemment, grâce au voisinage de Fontainebleau, si attrayant par ses chasses. Il reçut ici le 31 août 1608 le légat du pape Alexandre de Médicis, archevêque de Florence, à la tête d'un brillant cortège auquel se joignirent les membres de la confrérie des bouchers, avec leur musique bruyante.

La mort d'Henri IV mit en deuil la population Melunaise ; aussi se pressa-t-on en foule au service solennel en la collégiale Notre-Dame le 10 août 1610, célébré aux frais de la ville. Peu de jours après mourait un fidèle serviteur du roi, le gouverneur de Melun, Jacques de La Grange le Roy, dont les Melunais avaient pu apprécier la bonne administration.

Le calme allait cesser pour nos briards. Des bandes de pillards menacèrent de nouveau la ville. Les compagnies locales de miliciens et d'arquebusiers font le guet sur les remparts. En même temps, le pouvoir royal, pour restreindre les prérogatives peu importantes du corps municipal, comme il faisait d'ailleurs à l'égard des villes fermées, transférait au gouverneur la plus grande partie des droits du maire (4 avril 1614) et au bailli la présidence des assemblées des habitants relatives aux affaires municipales. Le gouverneur aurait la tenue des assemblées relatives à la garde et conservation de la ville. L'administration municipale était annihilée presque complètement. Le maire avait eu ici une autorité dont il avait usé sous la Ligue pour organiser et animer la résistance contre le pouvoir royal.

La situation générale du pays devenait mauvaise ; et cependant, malgré sa gravité, on constate avec surprise que cent vingt et un habitants seulement des trois paroisses de Saint-Aspais, Saint-Etienne et Saint-Ambroise votèrent le 28 juillet 1615 pour les représentants à déléguer aux états généraux du royaume. Les voix du clergé désignèrent Antoine Chauveau, chantre de Notre-Dame ; celles de la noblesse, Antoine de Brichanteau, seigneur et marquis de Nangis ; celles du tiers-état, Pierre Lejan, écuyer, lieutenant général au bailliage et siège présidial, qui appartenait en vérité à la haute bourgeoisie et non au milieu démocratique. Pierre Lejan se contenta de soutenir devant les états, qu'il devait marcher et voter immédiatement après les députés de Paris, en raison et pour marque perpétuelle de l'ancienne alliance de cette ville avec celle de Melun. Simple question de préséance, affaire de patriotisme de clocher, légitime, mais puérile en de si graves circonstances.

Les Parisiens, prenant ombrage des places fortes voisines de la capitale et capables d'empêcher le cas échéant son ravitaillement comme on le vit naguère, en demandaient la destruction. Le roi donna des ordres en ce sens au gouverneur de Melun de démolir la citadelle et octroya une levée de 3 sols sur les 5 qui se payaient sur chaque muid de vin passant sous le pont de Montereau (juillet 1615). Les travaux du capitaine Ambroise Bachot allaient devenir inutiles.

Les jeunes Melunais, qui, au lieu de suivre les professions familiales avaient quitté la petite vie bourgeoise pour parader dans les antichambres du roi et des princes, gravitaient alors autour d'un Melunais, nommé Barbin, ancien procureur du roi dans sa ville natale, devenu l'un des favoris du maréchal d'Ancre, intendant de Marie de Médicis, et contrôleur général des finances en 1616.L'assassinat du protecteur l'année suivante annonça la chute du favori : la Bastille, puis le For-l'Evêque le recueillirent et Richelieu,qui lui devait quelque chose, l'oublia. Le bruit d'une telle chute secoua la torpeur de notre ville où quelques charges de judicature étaient occupées par des parents de Barbin.

La population melunaise fut infiniment plus affectée par de nouvelles apparitions de ce « mal qui répand la terreur », la peste, établie même comme en permanence de 1624 à 1627, dans les quartiers bas, mal bâtis, mal percés. La mortalité fut si grande en 1627 que les magistrats cessèrent de rendre la justice et le Châtelet, à peine reconstruit, fut fermé jusqu'à la fin de l'épidémie. Quarante-quatre maisons furent évacuées et fermées. *La Santé* ne pouvait plus hospitaliser ; des soins étaient donnés à domicile ; les officiers du corps municipal, les ecclésiastiques, les religieux et particulièrement les Récollets, organisèrent activement des secours.

Ces événements désastreux retardaient la reconstruction,déjà commencée,des édifices ruinés pendant les troubles de la Ligue : l'abbaye de Saint-Père, le couvent des Carmes, l'église Saint-Barthélemy, le Châtelet. Et le budget municipal alourdi des 8.400 livres dépensées pendant les années de peste, n'avait, en 1633, qu'un chapitre de recettes : 4.000 livres allouées sur un droit de 45 sols levé à

Paris sur chaque muid de vin. En revanche, l'octroi sur les vins était supprimé. Et la ville devait avec ces 4.000 livres entretenir ses murailles, les fontaines publiques, etc.

Louis XIII ne séjourna pas à Melun ; il y passa seulement en allant ou revenant de Fontainebleau. Mais notre ville était chargée du logement des gardes françaises pendant les séjours du roi à Fontainebleau. L'exemption de toute autre réception de gens de guerre compensa cette charge temporairement.

Une alarme de courte durée secoua les bourgeois : les soldats impériaux paraissaient en France, sur les bords de l'Oise. On fit le guet sur les remparts. Puis, le danger passé, la vie tomba au calme provincial (1636).

Les communautés religieuses de la ville s'accrurent de deux nouveaux couvents. Les Visitandines occupèrent l'hôtel des Maillets sur la place de l'église Saint-Ambroise, puis une construction par elle édifiée rue de Samois (1635). Les Ursulines vinrent en 1642, pour « instruire les jeunes filles » et construisirent un couvent et une chappelle entre l'église Saint-Ambroise et la porte de Bierre. Tandis que les Visitandines fabriquaient et vendaient des confiseries, des biscuits, des macarons, fort goûtés d'ailleurs, les Ursulines tenaient pension payante pour les filles de la noblesse et de la bourgeoisie et des écoles gratuites pour les filles des classes peu aisées.

CHAPITRE X

On voit que bien souvent les événements qui animent l'histoire de nos villes de province n'ont pas leur origine dans la vie locale, mais sont le contre-coup des événements dont la capitale a été le théâtre. Sébastien Roulliard, le premier en date de nos historiens melunais, a fort curieusement exprimé cette

idée en disant que Melun, sa ville natale, portait les
« endosses de Paris ». Ce vieil auteur fut contemporain des faits qui viennent d'être contés ; ce n'est
pas à Melun, toutefois, qu'il observa leur développement, mais de Paris ; les contre-coups produits à
Melun lui étaient connus par les récits et correspon-
dances qui certainement lui en étaient faits ou lui
en parvenaient ; il convient de noter que cet historien qui publia en 1629 un volume curieux et intéressant sur Melun avait quitté sa ville natale depuis
environ quarante ans et très probablement n'y avait
fait que de rares et brèves apparitions, si, toutefois,
même il y était retourné, ce dont l'on peut douter
sans invraisemblance.

Déjà nous avons dépassé dans la relation de l'histoire melunaise l'époque où Sébastien Roulliard a
cessé d'écrire, ou du moins a arrêté son récit. Il n'a
pas connu le développement de la vie urbaine en
son pays natal dans les dernières années du règne
de Louis XIII, au moins postérieurement à 1636 ou
1639, puisque notre vieil historien mourut en l'une
de ces deux années.

Les Melunais, dans les années qui suivirent la
mort de Louis XIII (1643) continuaient — car c'était
une vieille et triste habitude — à se plaindre des impôts, sans cesse croissants, ce qui n'est pas nouveau
pour nous ; ils laissent, presque sans y faire attention, s'installer le nouveau gouverneur nommé par
le pouvoir royal, François-Louis Arbaleste, seigneur
de la Borde, d'Eprunes et vicomte en partie de Me-

lun, en remplacement, à la date de 3 juillet 1643, de Jacques de Simiane. L'explosion du dépôt des poudres au château, le 18 septembre 1647, qui détruisit une tour et tua le concierge et sa fille, émurent certainement davantage nos bourgeois.

La régente, Anne d'Autriche, ordonna bientôt de nouvelles taxes, dont l'annonce produisit un effet déplorable. Le Parlement de Paris avait déjà protesté. Les conseillers et autres officiers de justice du bailliage de Melun répétèrent ces protestations, en termes d'autant plus vifs qu'elles étaient présentées au peu sympathique gouverneur.

La présence, dans l'enceinte du château, qu'ils occupaient malgré eux, d'Espagnols faits prisonniers à la bataille de Rocroy, n'étaient pas sans inconvénient pour les habitants, par les redevances destinées à faire face à leurs dépenses de logement et de nourriture et les dangers auxquels les bourgeois étaient exposés en cas d'évasion (1644-1648). Le gouverneur ne se souciait nullement des réclamations et les bourgeois s'élevèrent bientôt ouvertement contre lui.

Ils étaient de tempérament frondeur ; c'était la mode ; en outre le maire et les échevins entretenaient des relations avec les frondeurs de Paris, comme autrefois le corps municipal avec les ligueurs, dans les deux cas, contre le pouvoir royal. Le prévôt des marchands et les échevins de Paris avaient prié le 27 septembre 1648 « Messieurs de l'Hôtel de Ville de Melun » de les renseigner sur l'état de Melun, et les dispositions des habitants et d'entretenir avec eux une correspondance « pendant tous ces grabuges, dont l'on conçoit à Paris de grandes appréhensions ».

Le gouverneur de Melun avait fait exécuter d'urgence et de son chef des réparations à l'enceinte de la ville et à celle de la cité, et voulu lever des deniers pour acquitter les dépenses. Les deniers patrimoniaux ou les ressources fournies par les octrois ne pouvaient être affectés à cet acquit. Le lieutenant général, Charles Riotte, dévoué à la Fronde, s'y opposa ; les autres officiers du bailliage et de la ville votèrent en faveur de la levée demandée, à condition toutefois que leur vote fût ratifié par les officiers de l'élection et les plus notables bourgeois (5 novembre 1648).

En cette assemblée tenue dans la grande salle du Châtelet, les assistants furent témoins de scènes dignes des héros d'Homère, entre le lieutenant général qui se clamait hautement « gentilhomme, ici et ailleurs » et le gouverneur qui ripostait : « La campagne est belle et j'ai bonne dague ! » ; alors que le procureur du roi se trouvait puni de son intervention par l'appellation « nez tortu » et un coup de pied où je ne dis point. Le lieutenant assesseur du présidial Michel du Boys, devait se gausser en rédigeant le procès-verbal de la mémorable séance où, bien entendu, nulle décision ne fut prise.

Charles Riotte dut sans doute à son opposition trop ouverte au pouvoir royal, d'être l'année suivante remplaoé dans la charge de lieutenant général par le sieur Allegrin, d'une famille locale, fort dévoué à la Cour.

Si de tels épisodes ont un côté amusant, ils n'en révèlent pas moins la division profonde qui existait entre les Melunais ; jadis on y avait vu ligueurs et royalistes, acharnés les uns contre les autres au point de mettre en péril les intérêts de leur cité, c'est-à-dire leurs intérêts propres ; aujourd'hui on y est frondeur ou partisan de Mazarin et l'enjeu reste le même, la prospérité de la commune ville.

.Le maire et ses échevins étaient frondeurs ; la Cour, peu confiante dans ces magistrats portés à la tête de l'administration municipale par le suffrage populaire, crut de bonne tactique de restreindre leurs prérogatives. Le maire, dépouillé de la plupart de ses droits de gestion et de police le 18 décembre 1648, était placé pour l'exercice des autres sous la surveillance du lieutenant général, et comme cette réforme aurait été sans effet sous la lieutenance de Charles Riotte, l'ardent frondeur, celui-ci était remplacé par un partisan de Mazarin, Allegrin. Cette limitation des pouvoirs municipaux n'était pas un fait particulier à notre ville. La tendance à l'absolutisme se manifestait en haut lieu.

Les Melunais, qui avaient accueilli sans enthousiasme les taxes nouvelles destinées à l'acquit des réparations aux remparts, étaient en outre tenus de nourrir « les pauvres artisans demeurant dans la ville pour le service du roi et d'icelle ville ». Quelques-uns de ces pauvres artisans. — employés aux travaux de fortifications, n'étaient rien moins que rassurants. On accusait même certains d'entre eux d'attaques contre les particuliers.

Des bandes armées parcouraient les plaines de la Brie et la forêt de Sénart n'était pas sûre, même en plein jour et pour des chevau-légers (novembre 1650).

Les frondeurs et les troupes royales s'étaient rencontrées, violemment, auprès de Brie-Comte-Robert, et le peuple s'affolait au récit, colporté avec force détails, « des cruautez des mazarinistes en Brie », dit un libelle du temps.

Les affaires de la Fronde prirent une meilleure tournure avec Condé ; ses gens de guerre toutefois ne s'emparèrent pas de Melun.

On s'étonne même qu'avec leurs dispositions frondeuses, nos bourgeois aient reçu en ennemi le parti armé que Condé avait, de Corbeil, envoyé sous leurs murs et l'aient contraint à battre en retraite (1649). Ils ne manquèrent pas, au mois de juin 1652, de faire valoir cette résistance lorsqu'il fut opportun pour eux d'obtenir la levée de certains droits. « Ils ont conservé par leur fidélité la ville au service des rois, notamment dans le mouvement de Paris, en 1649, et encore à présent, durant tous lesquels désordres la ville peut avoir la gloire d'avoir résisté aux ennemis de l'Etat, pourquoy faire les habitants n'ont espargné leurs vies ny leurs biens, s'estant exposés à toutes sortes de hasards et fréquentes sorties, tant de jour que de nuit avec autant de fidélité et de courage que s'ils étaient du nombre des soldats stipendiés. » Il ne conviendrait pas de sourire de ces lignes qui paraîtraient, aux yeux de quelques-uns, n'être qu'un plaidoyer pour soi-même. Ces anciens ligueurs, ces frondeurs, étaient, en réalité, en conscience, profondément royalistes et la monarchie, même absolue, ne les effrayait pas, non plus qu'ils se montraient désireux plus tard de la voir disparaître, dans la rédaction des doléances en 1789.

On constatera alors qu'aucun vœu ne réclame un changement dans la forme monarchique de la nation.

Le roi n'avait pas attendu cette adresse de ses « bien amez les maire et eschevins, corps de ville et officiers de Melun » pour leur témoigner son grand contentement. Il leur promettait dès le 2 mars 1649, soit peu de jours après l'attaque de Condé, de les décharger aussitôt que possible, de certaines taxes : c'était la récompense que nos bourgeois pratiques pouvaient apprécier davantage. La réalisation n'en fut pas immédiate, car, le mois suivant, une fourniture d'étape de gens de guerre leur coûtait huit cents livres ; au mois de novembre de la même année, la subsistance du régiment de la reine était pour eux une charge de 1380 livres ; au mois de décembre, ils subissaient le logement du régiment de Navarre et payaient deux mille livres pour l'achat de vêlements destinés aux troupes de la marine royale.

La fidélité des Melunais à la cause royale baissa en raison directe des charges pécuniaires. Des divisions éclatèrent : devant le gouverneur, attaché au parti de la cour, les magistrats du présidial et de l'élection tenaient pour le Parlement de Paris, frondeur impénitent. Les opinions se manifestèrent si violemment que le gouverneur, Arbaleste, s'oublia jusqu'à tuer à coups d'épée, dans la cour du château, un caporal de la milice bourgeoise, Jacques Boulanger, de la compagnie de Saint-Ambroise. « Voilà comme j'accommode ceux qui font les gaillards », s'écria le gouverneur en le frappant. Cette manière d'accommoder un homme causa la disgrâce du meurtrier, à la grande satisfaction des Melunais, qui reçurent font bien en sa place, le 24 septembre 1650, François de Rostaing, comte de Bury, petit-fils de Tristan de Rostaing, le glorieux défenseur de la ville au temps de la Ligue. Cette bonne impression fut de courte durée. Dès le 3 octobre la population s'opposait violemment à l'entrée dans la ville d'une compagnie de chevau-légers qui venait y tenir garnison, et menaça de coups de fusil le gouverneur qui dut se refugier dans la maison du sieur Allegrin, lieutenant général du bailliage.

François-Louis Arbaleste fut de nouveau pourvu des fonctions de gouverneur et manifesta, le 10 mars 1651, aux officiers du présidial son désir de vivre à Melun « avec amour et union... protéger, appuyer et chérir la ville et donner à tous ses habitants les marques d'une amitié parfaite »...

Les habitants, loin de croire à la sincérité de tels sentiments étaient plus ou moins fidèles à la cause royale suivant l'importance de la garnison du château. Quelques-uns même avaient jeté audacieusement à la rivière quelques mortiers de fer et une petite pièce de campagne. Par les soins du maire, des échevins et des officiers du présidial, anxieux des conséquences possibles de ces désordres, l'artillerie enlevée du château fut mise en réserve avec des fauconneaux dans le Châtelet (1652). On n'oubliait pas, parmi les bourgeois, que naguère Arbaleste avait fait tirer à boulets sur la ville, ni qu'il avait « bonne dague ».

Malgré la sympathie de beaucoup d'entre eux pour la Fronde et sans doute peu confiants dans la victoire de ce parti, les bourgeois de Melun tombèrent facilement d'accord avec le gouverneur pour préparer la résistance contre Condé et ses rebelles, alors aux prises avec Turenne et les troupes royales (avril 1652). Le roi brusquement arriva à Melun le 21 avril et ordonna la libre circulation des bateaux et des voitures allant dans la direction de Paris ; il ne voulait pas empêcher l'approvisionnement de sa capitale.

Jusqu'alors les Melunais et les paysans leurs voisins étaient souvent occupés à reprendre de force leurs bestiaux aux soldats du roi, des chevau-légers allemands.

Leur belle ardeur à préparer la résistance contre les rebelles tomba devant le prince de Conti qui, brusquement leur imposa le logement de dix compagnies de son régiment et leur recommanda de prendre grand soin de ses hommes. Elles manquèrent beaucoup moins de payements et de subsistances que les bandes qui vinrent s'installer, le mois suivant (24 mai) et formaient une lamentable escorte au roi et à sa cour désemparée. Louis XIV logea dans le pavillon de la Vicomté et fut l'hôte de la veuve de François Le Roy, ancien gouverneur de la ville : il était dépouillé « de cette étonnante majesté qui jette la terreur partout », suivant l'expression assez maladroite du lieutenant général en sa harangue de bienvenue, farcie de citations mythologiques. La cour séjourna huit jours seulement parmi les « bons et fidèles sujets », partit, puis revint (2 juin), marchant un peu à l'aventure et laissant à Turenne le soin de réduire sous Etampes les troupes de Condé.

Le Conseil d'Etat qui se trouvait à Melun avec les services de l'administration du royaume, plus ou moins restreints et désorganisés, réduisit les tailles des Melunais à huit mille livres pour chacune des années 1652, 1653 et 1654, en considération des pertes subies par eux du fait des troubles et des mouvements et séjours des gens de guerre.

La présence de ceux-ci ne donnait aucune sécurité à nos bourgeois ; les attaques à main armée, en plein jour, aux portes mêmes du couvent de Saint-Sauveur, n'étaient point rares. La soldatesque n'avait pas plus le souci de l'ordre public que de la discipline.

Les campagnes étaient aussi peu sûres et une requête produite en justice par un fermier d'Eprunes, Jean Harly, montre que ce laborieux cultivateur briard ne fut rien moins que ruiné. Les magistrats de justice ne purent même empêcher, au Mée, quatre compagnies des gardes de Mazarin de commettre des désordres et des actes de violence. L'armée de Lorraine, arrivant au secours des frondeurs pillait le château de Vaux-la-Reine, près Combs-la-Ville (14 juin 1652) ; et un parti de frondeurs venait de saccager le château de Courcelles-en-Brie, près de Mormant n'y laissant que les quatre murailles (mars).

On juge de la panique que produisaient de tels actes de violence.

Bien plus, des maladies épidémiques développées par la chaleur ajoutèrent aux désastres. Les hôpitaux Saint-Jacques et Saint-Nicolas, la maison de la Santé étaient encombrés de malades. Le vicomte de Montbas, gouverneur, se dévouait pour tous ; mais la Cour s'éloignait, pour se rendre à Lagny, et l'armée la suivait bientôt, à la satisfaction des Melunais las de fournir des vivres en échange de vagues promesses d'indemnité.

La peste fit une victime que les Melunais pleurèrent, le gouverneur lui-même. Elle enleva 485 personnes dans la paroisse Saint Aspais, alors que la moyenne des décès dans les années ordinaires n'était que de 87 environ ; elle en enleva 86 dans la paroisse Saint-Etienne qui ne comptait en moyenne que 18 décès par année. Les admirables missionnaires de saint Vincent-de-Paul vinrent à l'hôtel-Dieu Saint-Jacques donner leurs soins aux pestiférés. Sans doute, il y vint lui-même, car aucun péril n'arrêtait l'élan de ce merveilleux prêtre, confiant la direction de ses frères au supérieur Bonnichon. La maladie les atteignit aussi. Maincy, Coubert, Vert-Saint-Denis, Combs-la-Ville, presque tous les villages de la Brie et du Gâtinais virent leur population considérablement amoindrie, dans des proportions qui, pour quelques-uns, étaient la ruine.

Les chaleurs cessant, l'épidémie diminua ; mais la *Guerre des Lorrains*, les déprédations des troupes du duc de Lorraine et du prince de Condé furent un nouveau fléau. Le village et la collégiale de Champeaux-en-Brie sont pris et mis à feu et à sang le 16 septembre 1652. Le passage des troupes de Turenne aux mois d'avril et de juin avait été presque aussi désastreux pour les villages de la Brie. Melun, grâce à ses murailles, se trouva protégé.

Bientôt, la Fronde cessait. Louis XVI faisait acte de volonté. Le trône se consolidait ; la monarchie tendait à l'absolutisme ; et le roi écrivait le 18 mai 1655 à « ses chers et bien amés » bourgeois de Melun qu'ils aient à faire tout ce que son gouverneur, le marquis de Dannemoux, leur ordonnerait pour le service du roi, pour leur repos et qu'ils ne devaient connaître nul autre que lui pour cet effet « sans un mot exprès de Nostre part, à peyne de désobéissance ».

Les bourgeois ne pouvaient cependant oublier les haines que les troubles avaient fait naître : l'incendie de la maison du lieutenant particulier du bailliage et l'assassinat du lieutenant général furent œuvres de vengeance politique (1654). Les criminels, tous notables habitants furent rigoureusement condamnés à diverses peines, mort, bannissement, amende, longtemps après.

Les Melunais travaillaient courageusement à leur relèvement après tant de ruines. La création en septembre 1655 d'un marché franc qui se tiendrait au premier jeudi de chaque mois dans le faubourg des Carmes, où se tenait le grand marché « du temps que le commerce florissait à Melun », donna satisfaction et espoir aux habitants. Ce marché ne devait pas préjudicier à ceux du marché au blé, pour les grains et de la rue Jehan-Châtelain ou rue aux Oignons (aujourd'hui de l'Hôtel-de-Ville) pour le vin.

Le commerce reprenait et, en même temps, la municipalité n'attachait plus d'importance à la conservation des fortifications. Elle en aliénait des parties, faisant argent de tout, et cédait aux Visitandines la tour du Guindart, contiguë à leur jardin.

La fastueuse réception de Louis XIV à Vaux-le-Vicomte par Fouquet le 17 août 1661 émerveilla le peuple au moins autant qu'elle irrita le roi et l'on sait que le 5 septembre le surintendant des finances était arrêté. Bientôt la vicomté de Melun, le château de Vaux et ses dépendances changeaient de propriétaire. Ils passaient à sa femme Marie-Madeleine de Castille, à titre de restitution pour lui tenir lieu de ses droits et reprises contre son mari.

Les bourgeois de Melun s'intéressèrent vivement à ces événements. Ils avaient connu à l'emplacement même du château et de ses dépendances toute une paroisse, Vaux-le-Vicomte, avec église et moulin, et deux hameaux les Jumeaux et Maison-Rouge ; et vu raser le tout pour l'édification du magnifique château et le tracé d'un parc merveilleux (1655-1656).

Pendant toute la durée du règne de Louis XIV, les logements de troupe furent à peu près continuels ; les compagnies des gardes du roi s'imposaient à la population et ces quatorze cents ou quinze cents hommes étaient des hôtes forts peu accommodants.

Le prix normal des vivres leur paraissait fait pour tous autres que pour eux « soldats du roy » et un tarif officiel des denrées fut imposé. Français, Italiens, Suisses, formaient un mélange dangereux pour la tranquillité des bourgeois et, une fois qu'il advint que le Trésor royal remit au maire une certaine somme pour indemniser du logement les Melunais, ce magistrat, Claude Lefèvre, dissipa les fonds.

La ville comptait vers 1672 six cents feux, ce qui représente environ trois mille habitants, et dans ce nombre cent cinquante à peine, y compris les officiers, étaient fortunés ou même simplement aisés. La masse de la population était composée de menus artisans, portefaix, gagne-deniers, mariniers, pêcheurs, vignerons et manouvriers.

Les rues étaient sales, mal ou non entretenues. Les fontaines publiques alimentées par les eaux de Saint-Liesne, ne fonctionnaient plus depuis longtemps.

Aucune manufacture n'était établie dans la ville. Le travail y était constamment resté libre et livré à lui-même. Des chambres de communautés fonctionnèrent à cette époque à l'hôtel-de-ville pour l'examen des marchandises débitées par les marchands et qu'ils tiraient de l'extérieur. Les officiers de justice voulaient exiger des marchands forains qu'ils fussent pourvus de maîtrise à peine d'être expulsés des marchés. Les denrées atteignaient des prix élevés à raison du défaut de concurrence.

On fut obligé de maintenir l'ordre en janvier 1672 pour assurer la liberté de vente et l'on conserva aux forains le droit de débiter leurs marchandises.

CHAPITRE XI

Restriction des pouvoirs municipaux (1673). — Les affaires paroissiales ; travaux à l'église Saint-Aspais ; l'architecte Daniel Gittard. — Le conseil de police urbaine. — L'épidémie. — Les gens de guerre. — Détresse de la population. — Vénalité des charges. — Fonte des objets précieux (1693). — Anne Racine chez les Ursulines (1698). — Querelle des boulangers (1710). — Défaites des armées : nouvelles taxes. — Traité d'Utrecht (1714). — Passage d'un ambassadeur persan. — Nouvelle diminution des pouvoirs municipaux : suppression puis rétablissement de l'office de maire (1733). — Désaffectation des anciens remparts. — Passages royaux et princiers. — Le frère Côme, chirurgien. — Les querelles religieuses ; l'imprimeur Ménissel (1712-1736) et le catéchisme janséniste. — La première pompe à incendie (1748). — L'éclairage public (1768). — Un gouverneur de Melun : Néricault Destouches, académicien (1735). — L'état militaire : la compagnie de l'Arquebuse ; — la Milice bourgeoise ; les grenadiers (1778) ; le garde nationale. — La vie facile (1752). — La population en 1759. — Fermetures de couvents. — Modifications dans l'état social. — Liberté du commerce des grains sous Louis XVI ; période heureuse. — Création d'une manufacture de toiles (1776) ; Décadence des chaufourniers. — L'esprit de réforme ; les assemblées provinciales (1787).

L'absolutisme du pouvoir royal avait pour effet l'annihilation du pouvoir municipal. Les prérogatives du maire et des échevins étaient restreintes à disposer le logement des gens de guerre, connaître des difficultés qui surgissaient entre habitants et

PORCHE DE L'ÉGLISE SAINT-ASPAIS

soldats, garder les clefs de la ville, faire exécuter des réparations aux édifices publics à concurrence de vingt-cinq livres. Les habitants avaient quelque part à l'administration municipale, au moyen de représentants nommés à deux degrés, dont trente dans le quartier Saint-Aspais, dix pour chacun des quartiers Saint-Étienne et Saint-Ambroise et trois pour chacune des paroisses Saint-Barthélemy et Saint-Liesne : soit en tout cinquante-six députés, élus pour deux ans, ayant pour mission d'assister aux assemblées de l'hôtel de ville et de voter pour les décisions à prendre (1673).

Les délibérations relatives aux affaires paroissiales proprement dites étaient prises par un plus grand nombre d'assistants, que les marguilliers convoquèrent. Nombreuses furent les réunions nécessitées par les réparations de l'église Saint-Aspais. La chute des piliers et des voûtes, pour la première fois arrivée le 22 janvier 1673, rendit nécessaire des travaux importants non encore terminés quatre ans plus tard. Daniel Gittard, de Blandy-lès-Tours, membre de l'Académie royale d'architecture dirigea l'entreprise depuis 1676 et pendant l'exécution les bourgeois de Saint-Aspais assistaient aux offices dans la chapelle de l'hôpital Saint-Jacques. Les affaires relatives aux églises se discutaient en dehors du corps municipal. Il arriva même que dans des circonstances difficiles et dangereuses, le maire et ses échevins furent incapables d'assurer l'exécution des mesures d'intérêt public. Ainsi une épidémie, qui sévit à

Melun pendant les mois de mai, juin, juillet 1673 et quadrupla dans la seule paroisse Saint-Aspais le nombre des décès, créa un tel état de choses que le Parlement de Paris établit, par arrêt du 22 juin, un conseil de police composé du lieutenant général, du prévôt royal et du maire pour donner les ordres nécessaires au soulagement des malades et à la police de la ville. Cette police urbaine consista, en l'oc-curence, à rétablir les fontaines et latrines publiques, empêcher la mendicité, faire nettoyer les rues, pren-dre toutes mesures sanitaires ; on ne put toutefois faire face aux dépenses entraînées par l'exécution de ces mesures qu'en levant pendant neuf années une aide de cinquante sols sur les maisons à portes cochères, trente sols sur les maisons à portes bâtar-des et vingt sols sur les autres maisons. Aucune maison de la ville ne devait être exempte de cette aide que le conseil du roi prescrivit par un arrêt du 29 juillet 1673.

Dans ces circonstances, les magistrats de la ville et Mme de Miramion, dame de Rubelles, firent preuve de charité et de dévouement. Celle-ci aida aussi pécuniairement.

Les logements de gens de guerre continuaient, lourde charge à laquelle les habitants, fort appau-vris et diminués de nombre ne pouvaient consacrer que de faibles facultés. Il en résultait entre la troupe et les bourgeois, des altercations souvent suivies de voies de fait. Les Melunais étaient sans défense contre la mutinerie des gens de guerre. Ceux-ci se succédaient aussi variés que peu accommodants : des Suisses du régiment Darlak et de Stoppa, des hommes de pied du régiment de Bourgogne (1675).

A ces malheureuses circonstances s'ajoutèrent des causes de dépenses de natures diverses : un affreux orage de grêle, le 1er août 1674 ; la rupture et l'écroulement du Pont au Moulins, plusieurs fois, en 1671 et 1677.

Melun n'était pas seulement appauvri, mais ses habitants désertaient. Il y avait en 1690 plus de trois cent cinquante maisons ruinées et sans habitants « n'y ayant pas plus de moytié de maisons dans la dicte ville habitées et remplyes. » Et comme les imposés ne payaient pas les taxes et que les collecteurs étaient responsables de la taille non recouvrée, ceux-ci étaient inquiétés sur leurs propres biens, recherchés et emprisonnés jusqu'à payement de la somme fixée dans les rôles. Les prisons de l'élection furent trop petites pour recevoir les collecteurs ainsi condamnés ; les prisons du bailliage, où d'ordinaire on détenait les malfaiteurs, s'ouvrirent devant eux pour se fermer, bien entendu, derrière eux. Ces pauvres collecteurs recevaient moins d'argent que de demandes en réduction ou radiation de tailles.

Le roi s'adressa bientôt aux églises, communautés et monastères et leur enjoignit d'envoyer à l'hôtel de la Monnaie l'argenterie qui n'était pas nécessaire à la célébration des cérémonies du culte. Les églises Saint-Aspais, Notre-Dame, Saint-Étienne et Saint-Ambroise, les monastères des Carmes, les Annonciades, de la Visitation et des Ursulines obéirent aux ordres du roi. Et comme il faut encore et toujours trouver de l'argent, les charges de maire et d'échevin sont rendues vénales et le maire, ayant acheté sa charge moyennant un prix qu'il paye au trésor royal, mais dont la ville lui payera sous forme de gages annuels, de véritables intérêts, l'exercera à titre perpétuel. Le premier maire perpétuel de notre ville fut Louis de Montault, conseiller du roi, président du bailliage et siège présidial, pourvu à la date du 20 juillet 1693, après avoir versé au trésor royal un capital de huit mille livres.

Les officiers du corps de ville étaient en vérité assez peu considérés par les officiers de l'élection ; les questions de préséance s'agitaient à l'occasion de toute cérémonie et les cérémonies, malgré la misère des temps étaient fréquentes : feux de joie, tir du canon, *Te Deum*, à l'occasion des victoires des troupes françaises, des publications de traités de paix, etc. ; Et les officiers municipaux s'abstinrent de prendre part à un *Te Deum*, sachant que les officiers de l'élection se proposaient de prendre le pas sur eux, même par la violence (1693).

La misère, le vagabondage menaient quelques malheureux aux crimes et au brigandage. Le parc de Vaux-le-Vicomte, devint même un véritable repaire de voleurs et les habitants de Melun demandèrent sa clôture.

Les chemins, peu sûrs par suite de la présence des malandrins, étaient, faute de ressources, mal entretenus ; les voyages étaient pénibles, les diligences absolument dénuées de confortable, et Jean Racine, venu à Melun le 8 novembre 1698 pour assister à la prise de voile de sa fille Anne, sa Nanette, au monastère des Ursulines, sous le nom de sœur Sainte-Scholastique, fut fort incommodé par l'ébranlement de la voiture. Le prix du transport de Paris à Melun coûtait quarante-cinq sols ; le voyage en sens contraire trente-cinq sols ; et l'on ne restait pas en route moins de huit heures, même pendant la belle saison. Si le voyage par eau, au moyen des coches d'Auxerre et de Montereau, était moins dur et exempt de cahots, il était cependant plus long et aussi plus périlleux, à cause du passage des ponts encombrés de moulins, et de l'insuffisance des ports d'embarquement.

Les causes de calamité n'étaient pas seulement dans le passage des gens de guerre et dans les impôts, mais encore dans la rigueur des saisons. La gelée de l'hiver 1707-1708 détruisit les vignes et les arbres fruitiers. Résultat : la disette et l'augmentation considérable du prix du pain et du blé. Cet état de choses dura jusqu'à la récolte de 1710 qui fut satisfaisante et permit aux denrées de retomber à l'ancien prix.

Les boulangers de la ville ne pouvaient lutter avec avantage contre la concurrence des boulangers forains, non surchargés comme eux par la taille, la capitation, le logement des gens de guerre. Ils réclamèrent aux officiers municipaux « pères communs de plus de quatre mille personnes, dont la

plus grande partie a de la peine à vivre » le monopole de la vente dans la ville et sur les marchés ;
ce monopole leur fut accordé, à condition toutefois
que le prix maximum du pain serait pour huit livres
de 6 sous si le setier de blé valait 6 livres ; 7 sous
si le blé valait 7 livres. Le prix du pain se trouva
ainsi taxé, pour la vente faite hors des boutiques,
et les boulangers de la ville virent leur situation
améliorée.

Les défaites des armées françaises sur les frontières
étaient malheureusement accompagnées et suivies
de nouvelles taxes. Les Melunais apprenaient avec
anxiété les malheurs du maréchal de Villars, vicomte
de Vaux et de Melun ; la victoire de Denain y fut
accueillie avec joie et plus encore la nouvelle du
traité d'Utrecht, de la paix enfin. Le cortège du
maire et des échevins, à cheval, escortés de tambours et de hallebardiers, parcourant le 28 novembre
1714 les rues de la ville pour proclamer cette heureuse nouvelle, fut accueilli avec enthousiasme. La
fin des misères apparaissait et nos Melunais reçurent
avec une joie sans mélange, à son passage dans leur
ville, le 25 janvier suivant, l'ambassadeur du schah
de Perse, Méhémet-Riza-Bey, se rendant à Versailles.
On dansa fort avant dans la nuit et l'ambassadeur
persan apprécia particulièrement les grâces de deux
jolies Melunaises, Mlles Ravault, fille de l'hôtelier de
la Galère, et Madelon Besnard, fille du greffier de
l'hôtel de ville. La milice rendait les honneurs.

Nous avons vu déjà l'amoindrissement graduel

du pouvoir municipal ; la centralisation administrative, intense, a donné le pas à l'intendant, au gouverneur de la ville, au lieutenant général du bailliage, sur les officiers de l'hôtel de ville, réduits au
modeste rôle de subalternes.

L'hôtel de ville n'est plus qu'un bureau où s'enre-
gistrent les ordres supérieurs. Les officiers municipaux n'ont presque plus que le rôle ingrat, détesté,
dangereux de procéder au logement des gens de
guerre et de fixer le prix du pain d'après le cours
des marchés.

C'est encore trop de pouvoirs ; et l'office de
maire est supprimé à Melun au mois de mai 1717,
puis rétabli au mois d'août 1722, supprimé encore
en juillet 1724, enfin de nouveau rétabli par un
édit du mois de novembre 1733. Mais ce rétablissement a une cause financière : l'office est vendu
10.250 livres à Etienne-Simon Poiret, conseiller du roi, et pour lui tenir lieu d'indemnité il
recevra une allocation annuelle de 300 livres à
prendre sur les revenus d'octroi et les fonds patrimoniaux de la ville, ou à défaut sur les Etats
du roi en la généralité de Paris. Et à l'image des
fonctions municipales, l'hôtel de ville, rue Neuve,
tombe en ruine et le corps de ville va tenir ses réunions dans un petit local loué rue de la Juiverie et
rue aux Oignons. Ce n'est qu'en 1781, que l'on pourra
acheter pour la communauté des habitants une maison
située rue aux Oignons dans laquelle était alors établie une manufacture de toiles peintes. Cette maison

fut l'hôtel de ville jusqu'en 1846 et c'est sur son emplacement et sur celui de l'hôtel des Cens, acquis des héritiers Moreau de la Rochette que l'on édifiera en 1847-1848 l'hôtel de ville actuel.

La nécessité d'exonérer la population de la charge de loger les mousquetaires et les gardes françaises fit songer à la création ou à l'aménagement de casernes (1720). Le défaut de ressources ne permit pas d'établir ces locaux dans l'ancien château royal.

Le projet fut repris en 1737, puis abandonné pour la même cause, et l'ancienne demeure des rois de France, propriété de la ville impuissante à l'utiliser, fut vendue aux fermiers des coches d'eau qui y installèrent un bureau et des écuries pour les chevaux du halage.

C'était le commencement de la désaffectation des anciens remparts ; l'œuvre continua dans le sens de l'utilité publique ; et successivement les Melunais virent abattre la porte Saint-Jean, combler les fossés et niveler la prairie et, sur l'emplacement libre, créer la place Saint-Jean (1737). Plus tard, la porte de Paris et la porte de Bierre étaient abattues (1768), puis la porte des Carmes (1771), les restes de l'ancien château (1769) en grande partie ; en même temps l'on comblait les fossés depuis la porte Saint-Jean jusqu'à la porte de Paris et l'ancien éperon, en avant de la porte de Bierre, disparaissait complètement.

La voirie gagnait à ces destructions de murailles et portes étroites ; les passages étaient difficiles et incommodes par leurs sinuosités. La prise de possession par la ville de tous les terrains des anciennes fortifications était à peu près à titre gracieux de la part du domaine royal, au profit duquel une simple redevance annuelle de 10 livres fut stipulée (1763).

Dans le courant du XVIIIe siècle, Melun vit séjourner plus ou moins longtemps ou passer, dans des circonstances bien diverses, des personnages illustres ou notoires : c'est, suivant l'ordre des dates, Voltaire, qui loge quelque temps, en 1719, rue Guy-Baudoin chez son ami Thiriot et peut-être y compose quelque partie de *La Henriade*, et plus tard il passera ici se rendant au château de Vaux-le-Vicomte chez la maréchale de Villars ; c'est, en janvier 1720, l'Écossais Law, plus tard banquier trop fameux, qui abjure ici secrètement le protestantisme, afin de pouvoir devenir procureur général ; c'est ensuite la jeune reine Marie Leczinska, fille du roi de Pologne, qui vient visiter en 1728 le maréchal de Villars en son château de Vaux-le-Vicomte ; puis en 1731, le 30 juillet, le roi lui-même, Louis XV, se rendant aussi dans ce célèbre domaine acquis par le vainqueur de Denain en 1705 ; et aussi le 8 octobre 1738 le cardinal de Fleury, qui sans descendre de son carosse traîné par six chevaux, reçoit à l'entrée du Pont aux Moulins les compliments de M. Charlot, lieutenant particulier assesseur criminel accompagné du présidial et du corps de ville.

C'est, trois ans plus tard, au mois de décembre 1741, l'ambassadeur du Sultan, qui reçoit du corps de ville des compliments en français auxquels il ne comprend rien du tout et des oranges, bonbons, confitures, macarons et bouquets, auxquels il fut plus sensible assurément ; ci, à la charge du budget communal, 36 livres 18 sols. C'est aussi l'intendant de la généralité de Paris, qui vient s'enquérir des besoins de la ville et accepte pour lui-même, à titre de vin d'honneur, douze bouteilles de vin de Bourgogne. Puis encore en 1748, une visite du Dauphin et de la Dauphine au monastère de la Visitation Sainte-Marie, où les religieuses fabriquaient fort habilement des pâtisseries et friandises, appréciées par les gourmets de la Cour et de la ville ainsi que des environs. C'est enfin, fait beaucoup plus intéressant la venue, en la même année d'un chirurgien très habile, le frère Côme, qui pratique avec un grand succès, ici comme ailleurs, dans la Tour des Chirurgiens, voisine de l'Hôtel-Dieu Saint-Nicolas, l'un des premiers essais, d'aucuns disent le premier essai du lithome caché sur un sexagénaire affligé de la pierre.

Pendant une grande partie du xviiie siècle, Melun fut agité, comme d'ailleurs la France entière, par des luttes purement religieuses auxquelles la population bourgeoise et ecclésiastique se mêla vivement. Elle prenait partie dans les querelles du Jansénisme, à l'occasion de la publication de la bulle *Unigenitus.*

Ces affaires auraient pu ne pas toucher le peuple et le laisser indifférent si elles n'avaient pas abandonné le terrain purement théologique et pris, à cause de l'ingérence du Parlement, une forme politique. Les couvents de femmes à Melun furent surtout remués par ces querelles.

Beaucoup de leurs pensionnaires étaient filles d'avocats parisiens et de membres du Parlement, adversaires déclarés des Jésuites, partisans non moins déclarés des doctrines jansénistes et des théories gallicanes. Les curés de la ville se divisèrent entre les deux camps : la bourgeoisie locale manifesta seulement des tendances en faveur des Jansénistes. L'une des victimes melunaises des luttes religieuses fut l'imprimeur Nicolas-Charles Ménissel, venu de Provins pour exercer à Melun dès l'année 1712 sa profession de typographe. Suivant la mode alors, il fit des impressions qui se distribuaient en cachette, sous le manteau. Mais la cause définitive de sa perte et de la saisie de ses presses et de la privation de son brevet d'imprimeur en 1736 fut l'impression et la distribution de l'ancien catéchisme janséniste de M. de Gondrin, archevêque de Sens, que le titulaire de ce siège, M. Languet de Gergy, poursuivait vigoureusement, avec l'appui du pouvoir royal alors défavorable aux Jansénistes et à leurs productions.

Au milieu du siècle, un petit événement nous renseigne, par ricochet, sur l'état même de la ville. L'acquisition, en 1748, d'une pompe à incendie, puis, en 1756, d'une seconde pompe et de cinquante seaux, par le corps municipal, parut une nécessité, car la plupart des maisons de la ville étaient « vieilles et en cloisons de bois et il y aurait grand danger en cas d'incendie ». L'emploi de la première pompe émerveille sans doute nos Melunais ; cette invention, du sieur Thillaye de Rouen, jetait l'eau à un peu plus de quinze mètres de hauteur et consommait de quatorze à quinze muids par heure. Le budget municipal se chargea sans difficulté de la dépense de cinq cents livres correspondant aux frais de premier outillage, puis l'on songea à l'éclairage de la ville, qui dès la tombée de la nuit, était plongée dans une obscurité à peine trouée par les vagues lueurs des fenêtres. Onze réverbères furent suspendus en 1768, dans les principales voies, ce qui sans doute ne dispensa pas complètement les promeneurs nocturnes de déambuler avec une lanterne à la main, comme on le fait encore aujourd'hui quelquefois dans les campagnes, en la traditionnelle nuit de Noël. Les dépenses de ce premier éclairage, primitif aussi, évaluées à six cents livres environ, doublèrent si promptement que l'esprit d'économie, ou plutôt le manque de ressources, l'emporta sur l'utilité publique, et Melun retomba dans l'obscurité. Une seule lanterne publique à l'entrée du Pont aux Fruits, resta pour éclairer le passage voûté du Châtelet.

C'est seulement en 1785, que l'on réorganisa l'éclairage par les réverbères et que l'on eut l'idée fort ingénieuse de faire payer les dépenses par les propriétaires à raison de quinze sols par deux mètres environ de façade de maison sur la voie publique.

Melun, au xviii° siècle, avait toujours un gouverneur, mais cette fonction, devenue de maigre importance, pouvait n'être plus confiée à un homme de guerre, comme nous l'avons vu jadis. La charge en outre se vendait. C'est grâce à ces deux circonstances qu'un aimable poète, membre de l'Académie française, Philippe Néricault-Destouches, fut à compter du 21 mars 1735 et moyennant le débours d'une somme de douze mille livres, gouverneur des ville et château de Melun. Ce gouvernement était sans doute fort peu absorbant et le château n'existait plus. En outre, il devait se soucier assez peu de la fonction et il semble bien qu'il n'entra pas en rapport avec les magistrats du corps de ville avant l'année 1743.

En ce temps-là, un autre poète, beaucoup moins notoire, était à Melun « l'enfant chéri des dames » ainsi qu'il se qualifiait lui-même, Louis Benjamin Le Tenneur, lieutenant général au présidial. Ce maniaque de prose rimée passsait son temps à demander ou à quémander : son franc chauffage, son tabac, la franchise postale, et dans ses séjours à Fontainebleau, un bon lit à l'hôtel de Conti pour éviter d'être mal hébergé et bien écorché dans un hôtel.

Nous savons que l'état militaire de notre ville consistait alors, outre deux brigades de la maréchaussée, dans la milice bourgeoise et la société de l'Arquebuse. Les arquebusiers et les miliciens exerçaient leur tempérament belliqueux à des disputes pour des questions de préséances dont le règlement mettait en branle tous les personnages de l'ordre judiciaire et même le gouverneur. Le tir et de joyeux festins furent bientôt la seule occupation de nos arquebusiers. Les collectionneurs melunais ont eu quelquefois l'aubaine de recueillir des jetons en argent portant du côté droit : *Ludovicus XV, rex christianissimus*, et au revers une arquebuse avec la légende : *Compagnie royale de l'Arquebuse*. L'uniforme des archers et des arquebusiers était brillant, comme il convient à tout uniforme, et les parades étaient un spectacle attrayant et fort goûté.

La milice bourgeoise était beaucoup plus importante au point de vue du nombre et de l'organisation. Six compagnies de chacune quatre-vingts hommes environ formaient cette petite armée. La compagnie *Colonelle* était recrutée rue Saint-Aspais jusqu'à l'extrémité du faubourg des Carmes ; la compagnie *Lieutenant-Colonelle*, dans les rues de la Juiverie et aux Oignons et dans le faubourg de la paroisse Saint-Etienne était la compagnie de la *Cité*. La *Royale* était la compagnie dont les miliciens habitaient la place de la Pointe et les rues des Potiers, Neuve-du-Miroir et du Presbytère. — Les bourgeois des rues au Lin, de Boissettes, de la Geôle et du Marché-au-Blé et ceux du faubourg Saint-Barthélemy fournissaient l'effectif de la compagnie des *Francs Bourgeois*, et la sixième compagnie, dite les *Cordons bleus* était celle de la paroisse Saint-Ambroise.

L'effectif militaire melunais se compléta en 1778 d'une compagnie de grenadiers. Onze ans plus tard, la milice bourgeoise se transformait en garde nationale, et alors, un élément d'artillerie s'ajoutait à la

petite armée : ce fut une compagnie que l'on créa
pour le tir de deux petits canons, provenant de Vaux
le-Vicomte, que le duc de Praslin avait cédés à la
ville.

La milice bourgeoise faisait service d'honneur, lors
des visites de personnages, et service d'ordre dans
les circonstances où l'intérêt public l'exigeait : ainsi
lorsque au mois de septembre 1746 la ville logea
cinq cents prisonniers de guerre autrichiens, deux
jours durant.

L'esprit de discipline ne pouvait évidemment pas
être rigoureux chez nos bourgeois, soldats par occasion ; aussi peut-on lire sans grande surprise les
recommandations du maire et des échevins aux miliciens à l'occasion d'un *Te Deum* en l'église de Notre-
Dame, le 8 août 1734 : « Défenses... de commettre
aucunes insolences et faire aucun bruit ny querelles,
même de tirer les armes... à peine de dix livres
d'amende ou d'emprisonnement. »

Les ménagères pouvaient, au milieu du xviiie siècle, faire à peu de frais de véritables festins.

Lorsqu'au mois de janvier 1752 la ville paya le
festin de noce de deux jeunes filles dotées à l'occasion de la naissance du duc de Bourgogne, le budget communal ne s'obéra que de cinquante-sept livres.
Déjà, on avait offert en 1737 au maire, à son lieute-
tenant et aux échevins, un repas de corps, pour la
modique somme de quatorze livres deux sols et le
menu ne comporte rien moins qu'une fricassée de
deux poulets bien garnis, un canard sauvage, un

gigot de mouton, une douzaine de mauviettes, une bouteille de vin de Mâcon, une de vin de champagne, et six bouteilles de bon ordinaire à douze sous. Où sont donc les menus d'antan ?

Sans doute, le corps municipal n'eût pas si économiquement festoyé en 1756, car, en cette année, il y eut disette de blé ; puis une série d'intempéries graves : foudre incendiant l'église des Récollets au faubourg Saint-Liesne (19 et 20 juillet 1759), débâcle de la Seine (1763-1768) causant de graves dommages aux ponts, etc.

Les renseignements de nature exclusivement statistique sont généralement peu communs sous l'ancien régime. La population Melunaise au milieu du xviiie siècle était peut-être d'environ 3.000 habitants. On sait toutefois qu'en 1759, année de misère, il y avait 96 chefs de famille, dont environ 60 avaient assez de revenus pour vivre ; mais quelques-uns de ces revenus ne dépassaient pas 500 à 600 livres. Que dirait-on aujourd'hui de rentiers à 600 francs de rente, dans une ville comme Melun ?

Il y avait en outre 80 ecclésiastiques, gens de robes et marchands, ayant peine à vivre de leur état et de leur travail.

Ajoutez environ 656 pauvres artisans, débardeurs, porte-sacs, mariniers, manouvriers, veuves indigentes et mendiants et vous constaterez que la majeure partie de la population melunaise était pauvre et vivait avec peine de son travail manuel, et que les 23.157 livres 1 sol d'imposition demandées à nos ancêtres constituaient évidemment une lourde charge.

Je viens de noter que les ecclésiastiques étaient parmi les quatre-vingts habitants de Melun vivant péniblement de leur état, en 1759. Les Bénédictins du Mont Saint-Père tenaient école pour vivre, par conséquent ils remplissaient un rôle d'utilité publique. On le comprenait d'ailleurs si bien, que le projet de suppression de leur couvent en 1767 souleva une protestation de la part du corps de ville, c'est-à-dire du conseil municipal : « Ce serait un préjudice pour le pays ; il y a dix religieuses, deux se proposent pour l'éducation de la jeunesse, secours précieux dans un pays manquant de collège, et où la plupart des habitants peu aisés et chargés de famille ne peuvent procurer une éducation convenable à leurs enfants.» Les Bénédictins furent maintenus et six ans plus tard le célèbre institut des Frères de la Doctrine chrétienne s'établissait à Melun. Le corps de ville donnait son approbation le 18 août 1774, à la condition que deux frères tiendraient une école publique pour l'instruction des pauvres gens. La Révolution chassa en 1791 de l'ancien couvent des Ursulines, ces maîtres dévoués.

Le couvent des Visitandines fermé en 1768 devint successivement un dépôt de mendiants jusqu'en 1779, puis une caserne, ensuite, en partie, un local pour les tribunaux après l'abandon du Châtelet.

Les mendiants et les vagabonds internés dans l'ancien monastère de la Visitation furent employés pendant quelques années (1771-....) à la démolition des remparts, à l'aplanissement des bastions et au remblai des fossés, sous la surveillance d'un détachement de grenadiers provinciaux. Ce fut certes une excellente idée d'employer ces individus pour l'utilité publique et la transformation de la ville. La physionomie des environs de Melun s'était aussi modifiée : châteaux et maisons de plaisance garnissaient les coteaux. On s'y amusait : chasses, fins soupers, bals, comédies, théâtres de société.

Les conditions sociales s'étaient aussi modifiées. Le taux des salaires, les revenus fonciers et surtout des terres avaient progressé vers 1770 et, comme conséquence, les revenus publics étaient en augmentation, la taille perçue à Melun dépassait alors dix mille livres et le corps municipal faisait bientôt mieux que d'équilibrer péniblement son budget. Les 8.988 livres 15 sols de recettes en 1773, fournies presque entièrement par l'octroi sur le vin et l'eau-de-vie, couvraient les six mille livres de dépenses. Notez que l'octroi percevait un sol par muid de vin et trois sols par muid d'eau-de-vie : 1 sol, 3 sols ! En tout cas avec un tel excédent actif, le corps de ville faisait facilement les frais supplémentaires de services religieux et fêtes et réjouissances publics, dont nos ancêtres étaient friands, surtout des banquets qui en étaient la suite.

L'un des premiers actes du gouvernement de Louis XVI, l'établissement de la liberté du commerce des grains et des farines dans l'intérieur du royaume, n'eut pas l'heureuse conséquence espérée de tous.

Le prix du blé et, comme suite, le prix du pain ne baissa pas ; au contraire, vendu vingt-cinq livres le setier en 1774, le blé atteignait trente-deux livres au mois de mai 1775. L'approvisionnement du marché de Melun était d'environ cinq cent quarante setiers en moyenne. Or, il advint des émeutes, des enlèvements de blé ; une répression vigoureuse, puis une amnistie à condition que les blés enlevés seraient restitués. En tous cas, les moyens violents des exaspérés firent baisser le prix du setier de blé à environ vingt-deux livres.

La population, peu crédule sans doute à l'égard des bruits qui circulaient toujours contre le roi et son prétendu rôle d'accapareur de grains, acclama joyeusement Louis XVI le 16 novembre 1776, le 5 novembre 1781 et le 26 mars 1782. Les paysans souffraient néanmoins du voisinage des grandes forêts et des ravages commis par le gros gibier. Les plaisirs de la chasse royale coûtaient cher aux cultivateurs : ce mal — que l'on connaît encore aujourd'hui aux abords de domaines qui n'ont rien de seigneurial — trouvera une expression énergique et juste dans les cahiers de doléances aux états généraux de 1789.

Néanmoins, sous le règne de Louis XVI, Melun vit l'une des plus heureuses périodes de son histoire souvent triste.

Le commerce devint plus actif. Une industrie nouvelle fut créée en 1776 dans le faubourg Saint-Liesne, près des bords de l'Almont, quartier retiré

et particulièrement pauvre. C'était une manufacture
de toiles peintes, qui fournit de nouvelles ressources
de travail à un grand nombre d'artisans et manouvriers. En revanche, la fabrication de la chaux, fort
ancienne industrie locale, tombait rapidement. La
ville de Senlis faisait à notre hameau des Fourneaux
une concurrence sérieuse. La liberté commerciale
inaugurée avec la Révolution, hâta la décadence des
chaufourniers melunais et la Restauration vit arriver
à Paris, au port Saint-Paul, longtemps leur marché,
les derniers bateaux de chaux de Melun.

Nous approchons de l'année 1789. Un grand mouvement au point de vue politique et social s'opère
déjà et les observateurs non superficiels sentent
sans doute que les réclamations de réformes obtien-
dront satisfaction probablement à l'insu même du
pouvoir royal, sincèrement désireux cependant de
les accomplir, mais progressivement par une évolution qui ne causerait aucune ruine.

La création des assemblées provinciales, au mois
de juin 1787, donna satisfaction sur un point. Le peuple était appelé à statuer, par ses délégués, sur une
meilleure répartition de l'impôt, sur le recrutement
de la milice, la répression du vagabondage et de la
mendicité, devenus comme de nos jours, des maux
endémiques, sur l'ouverture de nouveaux chemins,
sur l'entretien des chemins existants, la protection
du commerce et de l'agriculture.

L'assemblée provinciale de l'Ile-de-France eut lieu
en l'hôtel de ville de Melun depuis le 11 août 1787,

à la suite d'une messe du Saint-Esprit célébrée en l'église Saint-Aspais. Elle comprenait quarante-huit députés dont moitié nommés par le roi et moitié désignés par l'assemblée : tous ou presque tous, hommes sages, modérés, instruits, désireux d'une évolution par les lois et non de la révolution violente et sanglante qui fut infligée au peuple français.

C'est dans la session du 17 novembre au 20 décembre que les discussions furent menées le plus sérieusement, surtout sur la question des impôts ; mais la convocation des notables, puis la convocation des états généraux l'empêchèrent de se réunir dans les deux années suivantes et la loi du 20 décembre 1789 qui créa la nouvelle division administrative de la France en départements, districts et cantons et substitua une division artificielle à une division pour ainsi dire naturelle, supprima en même temps les assemblées provinciales et les états. De ces réunions, en tout cas, les Melunais d'aujourd'hui peuvent voir un souvenir matériel à l'Hôtel de ville : un marbre, portant une inscription latine, que le maire et les échevins firent graver et placer en 1787 après la tenue de la première assemblée (août 1787).

CHAPITRE XII

LA RÉVOLUTION

Les états généraux de 1789 ; les cahiers du bailliage de Melun ; vœux modérés et justes ; conservation de la monarchie ; les députés. — Années malheureuses ; la question des subsistances ; marchés agités par l'émeute. — Elections municipales. — L'imprimeur Tarbé à Melun : le *Journal de Seine-et-Marne.* — La formation du département ; Melun, chef-lieu (1790). — La Société des *Amis de la Constitution* (novembre 1790) ; monarchistes constitutionnels : sa création d'un papier-monnaie local. — Les moines de Melun et l'abolition des vœux monastiques. — Les biens ecclésiastiques à Melun et la nationalisation ; ventes. — Meaux reste le siège épiscopal : Pierre Thuin, évêque constitutionnel (1791). — Les Melunais favorables à la monarchie constitutionnelle. — Difficulté des approvisionnements. — La patrie en danger ! — Le régime de la terreur ; Métier, curé constitutionnel, la société populaire, les Jacobins (1792-1794). — Persécution religieuse ; abolition du culte catholique ; l'Être suprême. — Dubouchet et Maure, représentants du peuple, en mission à Melun. — Changement de noms de rues. — Le 9 thermidor ; déchéance de Métier ; désarmement des terroristes melunais. — Le culte de la Raison ; les cérémonies décadaires (an III-an IX). — Insécurité des campagnes : les chauffeurs (an IV). — Saint-Aspais *temple de la Patrie et des Lois.* — Loi sur la liberté des cultes (février 1795). — Le 18 brumaire.

Les rigueurs de l'hiver 1788-1789 et la misère qui en fut la suite ne donnaient au peuple d'autre pers-

pective que l'accroissement des impôts déjà lourds.
La nouvelle de la convocation pour l'assemblée des
états généraux fut accueillie avec joie et l'assemblée
de toutes les corporations, à l'Hôtel de ville de Melun
le 25 février 1789 pour l'expression des doléances,
plaintes et remontrances et celle du 1ᵉʳ mai pour la
discussion et l'adoption du projet de cahier général furent de véritables événements. Les réclamations formulées en termes sages et mesurés peuvent
se résumer ainsi :

Exercice du pouvoir législatif par la nation, au
moyen d'états généraux régulièrement et périodique-
ment assemblés ;

Respect de la liberté individuelle, jugement des
criminels et délinquants par des juges ordinaires ;

Vote de l'impôt par les états généraux, son paiement par tous les citoyens, sans distinction d'ordre
ni privilège ;

Abolition des aides et gabelles, des minages, péa-
ges, octrois, dons gratuits ;

Responsabilité des ministres envers la nation pour
l'emploi des fonds du Trésor public ;

Liberté de la presse ;

Réforme des législations civile et criminelle ;

Suppression des tribunaux d'exception ;

Abolition de la vénalité des charges de la magistrature ;

Revision et diminution des droits de justice ;

Obligation, pour les titulaires de bénéfices ecclésiastiques, de résider au siège de leur bénéfice pendant

au moins neuf mois de l'année et de ne posséder qu'un bénéfice ;

Equitable répartition des revenus des bénéfices ecclésiastiques et amélioration du sort des curés desservants ;

Etablissement d'hôpitaux et d'hospices de charité dans les campagnes, aux frais du clergé ;

Abolition des moines mendiants ;

Suppression des dîmes et champarts ecclésiastiques et leur remplacement par une prestation pécuniaire déterminée suivant les mercuriales des marchés, chaque année ;

Réduction des dépenses militaires ;

Conversion des milices annuelles en milices extraordinaires levées seulement dans les cas de guerre ;

Réduction des pensions des ministres ;

Soumission de tous les citoyens au logement des gens de guerre ;

Gratuité absolue pour la rédaction des actes de baptêmes, mariages et sépultures ;

Aliénation des domaines royaux improductifs et emploi de leur prix à la diminution ou à l'extinction des dettes de l'Etat ;

Substitution d'un impôt territorial en argent aux impôts antérieurs ;

Abolition des capitaineries des chasses du roi et des princes ;

Droit pour les propriétaires de détruire le lapin chacun sur son héritage ;

Uniformité des poids et mesures ;

Suppression des douanes intérieures ;

Réglementation du colportage ;

Extinction des privilèges des postes et messageries ;

Liberté pour l'industrie, les arts, le commerce ;

Surveillance et répression des charlatans, médecins errants, empiriques, marchands d'orviétan souvent de poison ;

Liberté de l'intérêt des prêts d'argent ;

Nationalisation de l'éducation publique et établissement de chaires de morale et de politique.

Tels sont les vœux généraux formulés par toutes les corporations de la ville, dans l'intérêt supérieur de l'Etat ; il en était d'autres, particuliers à chaque corps et corporation dont l'on désirait que la Nation assemblée pût s'occuper ensuite. « Les maux particuliers (à chaque corps, à chaque corporation, à chaque citoyen même) sont presque tous le résultat de l'arbitraire dans le pouvoir, dans la perception dure, odieuse et vexatoire de l'impôt, dans la facilité meurtrière avec laquelle les employés prétextent des contraventions, source intarissable de procès : dans les privilèges exclusifs ; en un mot, dans les abus de tout genre qui ont pris la place de la liberté, de la justice et de la loi, sous des administrations tantôt négligées, tantôt déréglées, tantôt dissipatrices, tantôt despotiques. »

Il y avait du courage sans doute à exprimer les doléances résumées plus haut et à les accompagner de ce bref réquisitoire textuellement transcrit. Nos

Melunais étaient certes profondément sensés et leur cahier, l'un des plus complets de ceux qui furent présentés au roi, montre chez ses rédacteurs, hommes de toutes conditions, mais ayant souffert les mêmes souffrances, un égal et juste sentiment des réformes dont le royaume de France avait un besoin pressant.

Leur langage, inspiré des fortes pensées naguère émises par Philippe Pot et François Miron, députés du tiers-état aux états généraux de 1484 et de 1614, ne saurait nous sembler étrange à l'aurore même de notre siècle, car, si l'on veut comparer deux époques, séparées par une vie nationale de cent vingt années, nous pourrions faire nôtres à plus d'un titre la plupart des doléances de nos ancêtres. Et, après avoir lu le développement des faits de l'époque révolutionnaire, une réflexion viendra nécessairement à l'esprit ; la forme et le résultat ne correspondirent pas fidèlement aux doléances de nos Melunais de 1789 qui furent celles de tous les Français d'alors. Le cahier ne demandait nullement l'abolition de la Monarchie et ne renfermait aucune disposition contraire à la religion. Il entendait astreindre les bénéficiers ecclésiastiques à la résidence pendant au moins neuf mois de l'année ; améliorer le sort et la condition des curés ; obliger le clergé à l'entretien des hôpitaux et tous autres établissements de charité ; faire consentir les dîmes en prestation pécuniaire déterminée suivant les mercuriales de chaque année ;

établir la gratuité absolue pour la réduction des actes de baptêmes, mariages et inhumations.

Contre la forme monarchique du gouvernement, aucune doléance ; relativement aux questions religieuses ou ecclésiastiques, les doléances rappelées, pas d'autres. Or, si l'on observe le développement et la tournure de la Révolution, sans doute on se demandera si elle s'accomplira d'une manière en tous points conforme aux vœux du véritable peuple de France. Et la réponse, en conscience, sera-t-elle affirmative ?

J'ai dit les principes d'ordre politique, économique et social sur lesquels le cahier de Melun exprima ses opinions et ses vœux. Les députés qui eurent la confiance de tous pour les porter aux états généraux rassemblés à Versailles dès le 5 mai 1789 sous la présidence du roi furent les députés des bailliages de Melun et Moret : pour le clergé, Jean Thomas, curé de Mormant, avec son suppléant, M. de Calonne, abbé de Saint-Père de Melun ; pour la noblesse, Emmanuel Fréteau de Saint-Just, conseiller au Parlement de Paris, seigneur de Vaux-le-Pénil et de Saint-Liesne, avec son suppléant, Louis Marthe de Gouy d'Arcy, grand bailli d'épée de Melun et Moret, lieutenant général de l'Ile-de-France ; pour le tiers-état, Pierre-Etienne Despatys de Courteille, lieutenant général au bailliage de Melun, et Amant-Constant Tellier, avocat du roi, demeurant à Melun, rue des Buffetiers ; et leurs suppléants, Louis-Nicolas Maria, doyen des conseillers au Châ-

telet de Melun, et Dubois d'Arneuville, procureur
du roi à la maîtrise des eaux et forêts de Fontainebleau.

La suite de cette histoire montrera ce qu'il advint
de chacun de ces personnages autorisés à parler
au nom des citoyens de leur ordre respectif. Je note
toutefois dès maintenant que le marquis de Gouy
d'Arcy, qui avait présidé l'assemblée des délégués
des trois ordres du bailliage, fut inscrit sur la liste
des suspects au mois de novembre 1793, traduit
devant le tribunal révolutionnaire et condamné à
mort le 3 juillet 1794. La Révolution, qui exécutait
ainsi l'un des rédacteurs d'un cahier de doléances, si
remarquable par son grand sens politique et son
juste souci de l'intérêt de la nation, n'avait-elle pas
dévié de sa direction première ?

Nous revenons au moment où nos ancêtres ont
discuté et rédigé leurs vœux légitimes. Les années
précédentes ont été mauvaises, et, ce qui est la plus
nette expression d'un état social, le pain est rare
chez les boulangers. L'approvisionnement habituel
en blé, du marché de Melun, était de cinquante
muids environ. Quinze muids seulement sont vendus
au marché du 23 mai 1789, et la consommation ordinaire par semaine chez les boulangers de la ville
était d'environ trente muids. Il semblait évident
que la disette n'était qu'apparente et qu'en réalité
des cultivateurs avaient des approvisionnements :
on fit des perquisitions dans les fermes et dans les

greniers. Le blé remis ainsi en circulation forcée était en quantité insuffisante pour atténuer la crise.

La population melunaise était déjà en effervescence lorsqu'arriva la nouvelle de la prise de la Bastille. Les boutiques des boulangers furent attaquées dans la nuit du 28 au 29 juillet et le régiment Royal-Cravates cavalerie aida la milice bourgeoise à rétablir l'ordre. Le corps de ville offrit aux troupes royales une gratification que le régiment fit, par l'entremise des curés de la ville, distribuer entre les pauvres des différentes paroisses. En face de l'effervescence à peu près continuelle, le corps de ville, impuissant, fut doublé d'un comité provisoire et d'un bureau permanent pour la prise et la prompte exécution des mesures que commandaient les circonstances. La moisson de 1789 fut abondante, le blé continua d'être rare. Les recherches domiciliaires étaient fréquentes et permettaient d'approvisionner la ville et même d'expédier en hâte à Fontainebleau et à Paris, où la disette était particulièrement rigoureuse (août 1789).

La sécurité publique était maintenue difficilement par des détachements d'infanterie du régiment d'Armagnac et de cavalerie des chasseurs de Lorraine; des dégâts étaient commis dans les bois du voisinage; l'hiver 1789-1790 était rude et des bandes allaient s'y approvisionner de bois.

La passion politique, plus sans doute que la misère, surexcitait nos Melunais jadis calmes et patients. La souscription patriotique pour l'Etat pressé d'argent recueillait à Melun 37.912 livres 18 sous 6 deniers, outre des dons en nature, bijoux d'or et d'argent, fondus à l'hôtel de la Monnaie à Paris quand ils y arrivaient.

Un semblant de satisfaction aux revendications politiques fut donné aux habitants, par la loi de l'Assemblée constituante qui ordonnait le renouvellement, par voie d'élection, de la municipalité nommée jadis par le pouvoir royal. Nicolas Chamblain fut élu maire le 4 février 1790 par 202 voix sur 373 votants. Le 21 du même mois, la garde nationale (ancienne milice bourgeoise), la compagnie des chevaliers de l'Arc et de l'Arquebuse, la compagnie des canonniers, les troupes casernées à Melun prêtaient le serment fédératif, à la suite d'une cérémonie religieuse, usage qui se continua jusqu'en 1792.

Le cahier de Melun avait demandé la liberté de la presse ; et au mois de mars 1790, un imprimeur sénonais, Tarbé, installait ici une imprimerie et créait le *Journal de Seine-et-Marne*, feuille hebdomadaire, à la demande de la municipalité qui avait besoin d'un organe et de presses pour ses actes publics.

Au mois de juillet suivant, malgré les compétitions très vives d'autres localités du département : Meaux, Rozoy, Provins, Nemours, chef-lieux de districts, Coulommiers et Fontainebleau, la ville de Melun était désignée pour chef-lieu du département, à une faible majorité. Elle avait alors, d'après un recensement du mois de janvier 1790, une population de 4.917 habitants répartis entre les paroisses de Saint-

Aspais, à raison de 2.853 ; Saint-Ambroise, 628 ; Saint-Barthélemy, 281 ; Saint-Etienne, 776 ; Saint-Liesne, 379. La fête de la Fédération célébrée le 14 juillet, demi-religieusement demi-civilement ranima l'enthousiasme populaire, que la disette maintenait en général assez bas. En ces jours de solennité, on banquetait fraternellement, l'on oubliait pendant quelques heures les soucis du jour et les anxiétés du lendemain.

Les réformes présentées dans le cahier de Melun étaient l'expression sincère des opinions de la classe aisée professant des opinions libérales, mais peu disposée à favoriser les excès déjà prévus de la démagogie. Aussi bien, sortit de cette classe au mois de novembre 1790, sérieusement constituée, une société dite des *Amis de la Constitution*, qui rendit à la ville de véritables services, et entendit modérer la marche des idées républicaines et guider l'opinion melunaise dans l'appréciation des affaires publiques. L'arrivée des Jacobins au pouvoir amena la dissolution de ce groupe sensé, en même temps qu'elle ouvrait l'ère des violences sur les personnes et des violations de droits.

Le plus grand service rendu à la population melunaise par les *Amis de la Constitution* est l'émission d'un papier-monnaie dont l'usage était limité à Melun et à ses environs immédiats.

On sait que les difficultés financières de la Révolution et les besoins d'argent causés par les événements contraignirent l'Assemblée nationale, à raison de la rareté du numéraire, à l'émission d'emprunts à cours forcé remboursables avec le produit de la vente des biens nationaux.

Le peu de confiance du public dans le papier-monnaie sensiblement déprécié conduisit des municipalités ou même des particuliers constitués en sociétés à émettre des papiers-monnaie, ayant cours dans la localité seule où ils étaient émis ; ce furent les billets de confiance.

Melun eut les siens, créés sur l'initiative déjà indiquée d'un groupe de monarchistes constitutionnels ; ces hommes sages résolurent au mois d'avril 1791, dans le but de suppléer au défaut d'espèces métalliques, d'ouvrir une caisse publique pour favoriser la circulation et l'échange du papier monnaie du Trésor par l'émission de billets de confiance divisés en petites sommes. Ces bons furent donc livrés à la circulation par une société de particuliers, sous leur garantie personnelle. Ailleurs, les municipalités prennent elles-mêmes l'initiative de semblables émissions dans le même but d'utilité, de nécessité publique. La municipalité, toutefois, intervint ici le 8 mai 1791 pour ratifier ces engagements personnels pris solidairement. Un ancien receveur des tailles, Guérin de Vaux, accepta la charge de comptable et les sociétaires souscrivaient un engagement global de quarante-deux mille livres.

On remarque parmi eux le dessinateur et graveur Marillier, membre du conseil général pour le canton de Boissise-la-Bertrand, Ségrétier, suppléant des

députés du département à l'Assemblée nationale,
Tarbé, imprimeur, officier municipal, Théodore Giot,
électeur à l'Assemblée primaire du canton de Melun,
de Jaucourt et Viénot-Vaublanc, députés à l'Assemblée législative, Fontaine de Cramayel, président du
directoire du département, Chalumeau, membre du
conseil général du district de Melun.

L'imprimeur Tarbé fit gratuitement l'impression
des billets, que les collectionneurs aujourd'hui sont
heureux de rencontrer, car ces bons sont d'autant
plus rares que le retrait de chacun après remboursement était suivi de sa destruction. La couleur et
la valeur variaient : jaune, billets de cinq livres ;
bleu, de vingt sols ; rouge, de trente sols ; vert, de
cinquante sols.

La première émission, le 15 mai 1791, s'écoula
rapidement ; une autre fut immédiatement décidée.
Les facilités si utiles au commerce de la ville et des
environs étaient évidentes.

Aux premiers souscripteurs s'ajoutèrent bientôt
Romain Pichonnier, curé d'Andrezel, Despatys et
Tellier, tous deux anciens constituants.

Une troisième émission écoula de nouveaux billets
pour la somme de trente mille livres, ce qui porta à
soixante-dix mille livres le total des sommes dont la
société était caution et responsable (13 juillet 1791).

Un an après, la liquidation était décidée et la caisse
était placée sous la surveillance directe et immédiate
de la municipalité en vertu de la loi du 1er avril 1792.
Le remboursement contre des assignats de l'État

se fit dans l'espace de deux années et l'on apprécia
l'utilité qu'avait eue pour le public l'initiative désin-
téressée des *Amis de la Constitution*. Les assignats
de l'État ne justifièrent pas la même confiance.

Les ecclésiastiques réguliers de Melun, soit les
Bénédictins de Saint-Père, les Capucins, les Carmes,
les Récollets, et les membres de la Collégiale de
Notre-Dame, n'accueillirent pas de la même façon
la loi qui abolissait les ordres monastiques et déliait
ou prétendait délier les moines de leurs vœux faits à
des supérieurs ecclésiastiques. Les Capucins rentrèrent dans la vie civile ; les religieux des trois autres
monastères acceptèrent les pensions votées et promi-
ses par l'Assemblée, mais dont ils ne devaient pas
jouir longtemps ; quelques-uns acceptèrent, en
échange de concessions que l'on devine, de desservir
des cures voisines devenues vacantes faute de serment de leurs titulaires à la Constitution civile du
clergé. Les chanoines de Notre-Dame s'inclinèrent
devant la loi impérieuse et se séparèrent.

Après les personnes, les biens. La loi sur la
nationalisation des biens ecclésiastiques, ou plus
exactement sur la confiscation de ces propriétés au
profit de la Nation, non appelée à se prononcer
directement sur des mesures aussi graves, fut appliquée à Melun et les ventes commencèrent dès l'année
1791. On connaît le sort des monastères de cette
ville : l'abbaye bénédictine fut vendue moyennant
121.000 livres en assignats, et plus tard le départe-

ment racheta en 1809 la maison de l'abbé pour y établir la préfecture et en 1818 les bâtiments et les terrains qui composaient l'ancien couvent, pour y installer différents services de l'administration départementale. Le couvent des Capucins fut vendu le 22 octobre 1791 pour 26.500 livres ; son emplacement est actuellement occupé par le collège.

Le monastère des Carmes, non vendu, devint le siège de l'administration du département et du district, ensuite des tribunaux.

Le couvent des Récollets devint un hôpital formé en 1793 de la réunion de l'Hôtel-Dieu Saint-Jacques et de l'Hôtel-Dieu Saint-Nicolas.

Les églises et chapelles renfermaient des œuvres d'art dont la conservation ne fut pas toujours assurée, car dans ses discours à la Convention sur le vandalisme, l'abbé Grégoire citera des faits qui ont eu Melun pour théâtre.

Les épaves des bibliothèques des moines formèrent le principal appoint d'une bibliothèque municipale et constituent le fonds le plus important de la bibliothèque aujourd'hui installée à l'Hôtel de ville.

Le siège du nouvel évêché de Seine-et-Marne fut maintenu au siège de l'ancien évêché de Meaux qui formait une grande partie de la région constituée en département. L'élection de l'évêque destiné à remplacer M. de Polignac qui avait refusé de prêter serment à la Constitution civile du clergé eut lieu à Melun et l'élu fut Pierre Thuin, curé de Dontilly, près Donnemarie-en-Montois, par 179 suffrages sur

290 votants (1ᵉʳ mars 1791). Il fut proclamé le lendemain évêque constitutionnel de Seine-et-Marne, avant une messe solennelle célébrée en présence des électeurs et du peuple. Il fut le seul évêque constitutionnel de notre département.

L'opinion politique dominante et même à peu près exclusive parmi les Melunais était favorable à la monarchie constitutionnelle.

D'ailleurs, ainsi que Mirabeau le proclamait dans les Assemblées politiques, le peuple, la France était profondément attachée à la monarchie. Le Français était monarchiste ; il voulait des réformes sociales importantes, mais il ne demandait pas la chute ou la déchéance du roi ni l'abolition de la royauté.

L'arrestation du roi à Varennes jeta l'alarme, que calmèrent bientôt la fête de la Fédération (14 juillet 1791) et la fête de l'acceptation de la constitution par le roi (15 septembre).

Déjà les levées d'hommes pour les frontières commençaient : l'enthousiasme étouffait les plaintes, car l'élite de la population civile et les plus vigoureux travailleurs quittaient la ville.

La vie continuait pénible et sans certitude du lendemain. Les approvisionnements étaient toujours difficiles. Toute hausse du prix du blé était suivie d'un mouvement séditieux et le peuple, en armes, envahissait le marché et taxait les grains au-dessous de leur cours. Le marché du 4 mars 1792 fut bouleversé par l'émeute. Le corps municipal, impuissant, réclamait des soldats pour garder la ville et n'obtenait de l'Assemblée législative que des paroles d'encouragement au patriotisme. La garde nationale devait assurer le maintien de l'ordre public.

Le marché recevait à peine vingt muids de blé, au lieu de l'approvisionnement ordinaire et nécessaire de soixante à quatre-vingts muids et le blé valait jusqu'à vingt-trois livres le setier. La municipalité dut organiser au mois de juin 1792 des secours pour délivrer aux familles indigentes le pain de huit livres au prix de dix-sept sols. Les officiers municipaux, constitués en conseil général de la commune, étaient continuellement exposés à l'émeute, chaque jour prête à éclater.

Bientôt tous les jeunes gens valides sont appelés pour la patrie en danger. Deux commissaires nationaux, Ronsin et Lacroix, viennent organiser la levée à Melun et enrôlent trois compagnies de volontaires. Les deux bataillons du district, promptement équipés, sont dirigés sur le camp de Châlons, lieu de concentration.

Les événements et les nouvelles se précipitent et arrivent chaque jour : l'abolition de la royauté aurait produit une profonde impression de stupeur si les Melunais n'avaient été surexcités par l'enthousiasme guerrier.

La Vendée vient de se soulever (janvier 1793) : de nouvelles réquisitions d'hommes, de munitions, d'argent sont décrétées précipitamment par la Convention.

Un nouveau sentiment s'ajoute à tous les senti-

ments qui depuis deux années agitent les esprits :
c'est la suspicion, précurseur du régime de la terreur. La municipalité, dont la conduite a été digne
de tous les éloges et dont le maire, l'imprimeur Tarbé,
a déployé beaucoup de dévouement et de courage
civique, tombe sous le contrôle, méticuleux, déjà
haineux, du comité de surveillance établi par la loi
du 21 mars 1793 et qui siège en permanence à l'Hôtel de ville. Puis va surgir, à l'encontre de la Société
des Amis de la Constitution, la Société populaire,
véritable émanation du club parisien des Jacobins,
qui déchaînera le mouvement révolutionnaire sous
l'impulsion de l'ancien curé constitutionnel de Saint-
Liesne, Métier (juillet 1792).

Le principal élément des agitations était toujours
la question des subsistances. Les gendarmes contraignent les fermiers à conduire leurs blés aux marchés de Melun et escortent, en armes, les voitures.
Les marchés sont gardés militairement, même avec
des canons, et les heures d'achat et de vente du blé
sont réglementées par la municipalité. Elle fixe aussi
le prix du setier de blé à 27 livres 10 sols au maximum.

Des postes militaires sont établis à chaque entrée
de la ville ; un autre, plus important, siège en permanence à la Maison commune, pour se porter en
tout endroit de la ville où l'ordre sera troublé ; la
garde nationale et ses canonniers assurent tous ces
services ; ceux-ci ont maintenant quatre canons.
C'est imposant certes.

Les commissaires nationaux, Ronsin et Lacroix, envoyés par l'Assemblée législative et maintenus par la Convention pour organiser la levée et le départ des volontaires, avaient entrepris, par ordre bien entendu, une autre besogne : des recherches dans les églises pour en faire disparaître les souvenirs de l'ancien régime.

Les drapeaux et les guidons suspendus aux voûtes des églises Notre-Dame et Saint-Aspais furent descendus et portés à la Maison commune et bientôt brûlés ; les épitaphes, enlevées ; les sculptures des églises, mutilées ; les armoiries, grattées ; les croix fleurdelisées, détruites ; les tombes des nobles, des chanoines et des prêtres, brisées (21 mars 1793) ; et aussi les cloches descendues et expédiées à Paris, pour la fonte à l'effet de couler des canons ; les objets d'or et d'argent, saisis dans les églises, inventoriés et portés à la Monnaie de Paris, à l'effet d'utiliser ces métaux à la frappe de numéraire. On conservait, momentanément, les objets nécessaires à la célébration du culte, non encore aboli.

Après les choses, les personnes ; car l'un des buts principaux de la Révolution, sinon son but principal, apparaît nettement : on poursuit les nobles et les prêtres ; ceux-ci, lorsqu'ils n'ont pas prêté à la Constitution civile du clergé un serment qu'ils considèrent comme schismatique. Soixante prêtres sont ainsi enfermés à Saint-Ambroise, puis au mois de septembre 1793 transférés à Provins par la gendarmerie.

La terreur sévit à Melun. L'ex-curé Métier est, ici, comme l'âme de ce nouveau régime. Le maire et le conseil général de la commune, issus du suffrage de tous, ne sont plus rien ; le comité de surveillance, imposé aux habitants, est tout. Son « œil vigilant pénètre les plus noires conspirations ». La dénonciation menace tout le monde. Sous la contrainte jacobine, ces officiers municipaux applaudissent à la chute des Girondins (mai-juin 1793) ; sous la contrainte encore, la population accepte et approuve la Constitution qui « doit faire le bonheur du peuple ». Les électeurs de la section occidentale de la ville avaient chargé un abbé défroqué, ancien vicaire de Saint-Liesne, nommé Charpentier, comme commissaire pour porter à la Convention la nouvelle de l'acceptation ; et ce commissaire devait ensuite « voler » en armes, au secours de la République contre la Vendée. Le secrétaire de Métier déclina cet... honneur. Il y avait là-bas quelque danger. Charpentier aima mieux prendre part aux fêtes célébrées alors à Melun : en juillet en l'honneur de Marat, le 10 août, pour la République Une et Indivisible, avec un discours, sur l'autel de la Patrie par le citoyen Jacquet, président de la Société populaire.

A vrai dire, l'administration départementale montrait fort peu d'entrain dans l'application des lois et mesures révolutionnaires. Les citoyens Maure aîné et Dubouchet, députés à la Convention nationale, furent envoyés en mission pour faire brèche à cette coupable apathie. Les bons sans-culottes de la

Société populaire leur fournirent une escorte de gens « disposés à leur faire un rempart de leurs corps », contre quelque adversaire plus imaginaire que les Vendéens. Ces représentants se préoccupent surtout de faire disparaître toute trace « du régime féodal et du fanatisme religieux », de détruire les « monuments de la superstition et de la féodalité », c'est-à-dire les traces et les souvenirs d'un régime, qui, plus encore que la Révolution, a fait la France.

Le culte catholique est aboli, la religion catholique persécutée, mais on va fêter l'Etre Suprême, et déifier la Nature, et le graveur Mariller prononcera le discours à la fête de l'Etre Suprême.

Laplace, de l'Académie des Sciences, qui résidait à Melun depuis le 28 mars 1793 dans l'ancien pavillon de la Vicomté, se distrayait sans doute à suivre ces cérémonies étranges et y donnait l'hospitalité à Bailly, ancien maire de Paris, mis hors la loi lors de la chute des Girondins. La Société populaire, le club des Jacobins le dénonce ; il est arrêté ; le comité de surveillance, malgré les courageux efforts du maire Tarbé, le fait incarcérer dans l'ancien couvent des Visitandines, converti en prison ; puis, Maure et Dubouchet ordonnent son transfert à Paris ; le tribunal révolutionnaire fait le reste. Quelques autres personnalités avaient, au cours des événements sanglants de 1793, trouvé à Melun le calme relatif qu'ils ne pouvaient trouver à Paris, notamment l'avocat Bellart qui défendra plus tard les généraux Menou et Moreau et, sous la Restauration, demandera la peine

de mort contre le maréchal Ney ; le littérateur
Constant Blanvillain, l'architecte Peyre, dont Napoléon mettra les talents à profit, le général de division Rossi, et le célèbre chirurgien Antoine Dubois,
qui soigna à Melun les blessés de l'hôpital civil et
militaire.

Dubouchet, de retour à Melun, levait de nouvelles
contributions pour l'équipement des défenseurs de la
patrie, mais le comité de surveillance, au départ des
bataillons, constatait la mauvaise qualité et l'insuffisance des effets.

Le député à la Convention remplissait de nobles
et de suspects les prisons de la ville ; perquisition-
nait dans les châteaux du voisinage, sans que les
soldats révolutionnaires oubliassent de visiter lon-
guement la cave du comte Vienot-Vaublanc, à Bel-
lombre, près Dammarie-les-Lys. Cet ancien député
à l'Assemblée législative était devenu suspect et dangereux. Il sera ministre sous la Restauration.

Maure a un rôle plus utile et surtout dépourvu de
tout caractère odieux : il cherche à assurer l'approvisionnement de Melun et de Paris en denrées de
première nécessité ; le sucre, l'huile à brûler, l'eau-
de-vie, le savon, le tabac sont épuisés à Melun ; les
réverbères n'étaient plus alimentés.

Le prix du blé est fixé arbitrairement à vingt-huit
livres le setier et celui du pain de huit livres à
vingt-quatre sols. L'émeute gronde sur les marchés.
Les administrations paraissent impuissantes ; Dubouchet délègue ses pouvoirs à Métier, dont la tyrannie

est odieuse. Il se pose en dictateur : à la fois, curé constitutionnel de Melun, juge au tribunal civil, président du département et délégué du représentant du peuple.

Il dissout le conseil général de la commune, émanation du suffrage de tous, et nomme en sa place de nouveaux membres, violant ainsi la volonté des électeurs.

Les violations de domicile, les arrestations, la nuit, sont fréquentes et nombreuses (deux cents).

Bien plus, Métier suspend le comité de surveillance, qu'il juge tiède, et révoque et remplace les magistrats. Il a des haines personnelles à assouvir et il le fait de la manière la plus odieuse.

Laplace, même, est arrêté une nuit de septembre 1793 ; il se promenait dans les bois et paraissait dangereux.

L'ancien curé devait, bien entendu, exécuter rigoureusement les lois relatives à l'abolition du culte catholique et achever le dépouillement et la désaffectation des églises. Notre-Dame devient un magasin à fourrages, Saint-Aspais un atelier pour la fabrication du salpêtre ; mais cette destination va changer. Le portail, dès le mois de novembre 1793, porte que *le peuple français reconnaît l'Etre Suprême et l'immortalité de l'âme*, et le culte de la Déesse Raison est célébré sur l'autel de Saint-Aspais pour cesser aussi promptement qu'il a été institué.

La démolition de l'église Saint-Aspais fut demandée par la municipalité incapable de s'affranchir de la tyrannie de Métier, mais refusée par l'administration départementale qui préférait qu'on y lavât les terres pour la fabrication du salpêtre en vue de la fabrication de la poudre nécessaire à la défense de la patrie. Cette affectation nouvelle dura quelques mois. Lavoisier avait précisé les formules pour cet utile travail ; ce qui n'empêcha pas le tribunal révolutionnaire de guillotiner ce savant, sous le prétexte brutal que la République n'avait pas besoin de chimistes.

L'œuvre de la Société populaire mérite d'être indiquée.

Le président, un cordonnier, et son assesseur l'ex-curé Métier, faisaient voter des ordres au corps municipal pour l'abattage des croix, la police des marchés, le changement des noms de rues, la célébration des fêtes patriotiques, l'affectation de l'église Saint-Aspais au culte de la Raison, la recherche des nobles, des prêtres, des suspects.

Comme je l'ai dit déjà, le corps municipal subissait le joug d'une minorité audacieuse, violente, brutale, dont le moindre acte était toujours la violation des droits consacrés par la fameuse Déclaration.

Rues et places étaient débaptisées et on ne lira pas sans curiosité les noms nouveaux substitués à des dénominations anciennes :

Anciennes dénominations	Nouvelles dénominations
Rues : Saint-Barthélemy	de la Montagne
des Fossés	de la Liberté

du Palais-de-Justice
de la Juiverie
de l'Hôtel-de-Ville
Saint-Aspais
Guy-Baudouin
Jacques-Amyot
Saint-Sauveur
Malgouverne
du Miroir
Saint-Etienne
Saint-Ambroise
Places : de la Porte-de-Paris
Saint-Jean
Carrefour du Palais-de-Justice
Parvis Saint-Aspais
Pont Gaillard

de la République
des Droits-de-l'Homme
de la Commune
du Centre
Voltaire
Jean-Jacques-Rousseau
de Philadelphie
des Sans-Culottes
de la Loi
de l'Ile
de la Varenne
de la Révolution
de la Réunion
du Département
de l'Unité
Pont Marat

Les dénominations nouvelles ne survécurent pas à la Révolution, ni aux passions politiques qui avaient dicté leur choix, souvent étrange ; toutefois le pont Marat conserve encore ce nom.

Les décisions les plus inattendues étaient également inspirées à la Société populaire par la passion politique. On empêcha un jour les pâtissiers et traiteurs de faire des *petits pâtés*, bien inoffensives friandises, sous prétexte que le beurre employé pour leur confection serait plus avantageusement destiné à l'usage du sans-culotte, qui ne connaît pas l'art raffiné de la cuisine.

Les paysans répugnent à accepter les assignats qui ne leur inspirent aucune confiance ; ils ramènent à 7 sols la valeur de l'assignat de cent livres, et les marchandises sont vendues en se basant sur cette manière d'évaluer (pluviôse an II). Il n'en fallut pas davantage pour motiver un ordre formel de la Société populaire de mesures sévères contre des fermiers et des vignerons clairvoyants.

Thermidor modéra l'ardeur révolutionnaire de Métier et de ses complices. Et même la Société populaire chassa de son sein ce terroriste impudent et quelques-uns des plus violents terroristes. Elle se lassait d'être devenue « la vile tributaire de quelques hommes bas et flétris dans l'opinion » et elle pensa consommer « un grand acte de justice, en prononçant unanimement leur expulsion ». Elle crut pouvoir prendre enfin « l'essor et l'énergie qui convient à des hommes libres », et le représentant du peuple, Lequinio, ne trouva dans ce groupe épuré que des approbateurs lorsqu'il fit désarmer et arrêter les terroristes et ramener de Paris Métier qui avait lâchement pris la fuite. Le conseil général de la commune et la garde nationale assistèrent à ce désarmement, dans la nuit du 22 au 23 germinal an III, d'une vingtaine d'individus qui, pendant dix mois, avaient terrorisé une ville de plus de trois mille habitants. Métier et ses compagnons n'eurent pas le sort qu'ils avaient infligé à tant d'autres : celui-là se fit oublier et devint un modeste épicier à Nemours où il mourut.

La fin de la Terreur aurait profondément réjoui les Melunais, si la misère ne les avait alors étreints. Le pain était rare et le rationnement s'imposait ; la consommation journalière ne pouvait dépasser une

livre par individu (germinal an III).On contreignait
les cultivateurs à assurer l'approvisionnement, chacun suivant sa récolte.

La municipalité, rentrée en exercice effectif depuis
la chute de Métier, délivrait à chaque chef de famille
un bon indiquant la quantité de blé dont il pouvait
faire l'achat sur le marché, suivant l'importance des
besoins de son ménage, de sa famille.

On dansait pourtant, sur un volcan à peine éteint.
Les fêtes succédaient aux fêtes : des Sans-Culottides,
de la Jeunesse, des Victoires et de la Reconnaissance,
de la Liberté.

On discourait plus encore et nul n'ignore la pom-
peuse et vide phraséologie des discours de cette
époque, en un style créé par Jean-Jacques Rous-
seau.

Le culte décadaire avait succédé au culte de la Raison, lequel avait succédé au culte de l'Etre Suprême.
Trois décades furent célébrées chaque mois de l'an III
à l'an IX, suivant un rite uniforme : cris de *Vive la
République;* chant d'un hymne patriotique ; discours,
lecture des lois récemment promulguées ; cérémonie
de mariages; annonce des naissances et des décès
survenus pendant la décade ; chant d'un hymne patriotique ; lever de la séance.

Bien entendu, l'assistance à ces séances était obligatoire pour les fonctionnaires publics. Ceux-ci ne
s'y rendaient que par crainte de représailles, quant
au peuple il se lassa promptement de la froideur de
ces cérémonies.

Elles furent interrompues du mois d'avril 1797 au mois de septembre suivant, puis rétablies, mais non suivies ; la dédicace de ces fêtes à des principes moraux à peine respectés, à des vertus non pratiquées, paraissait sans doute un mensonge.

D'autre part, le culte catholique célébré en lieu privé, même aux plus sombres journées de la Terreur, reprenait grâce à la loi du mois de mars 1795 sur le libre exercice du culte. Le Frère Thomas Boucher, ancien carme, quelques autres prêtres, et M. Delacourtie, ancien procureur au Parlement de Paris, furent les promoteurs de cette rénovation cultuelle conforme aux désirs de la plupart des Melunais. Suivant la loi, cet ancien magistrat fit le 24 ventôse an III la déclaration de son intention de faire célébrer publiquement le culte catholique dans sa maison, rue dite alors des Droits-de-l'Homme, au coin de la rue dite alors Voltaire.

Les catholiques rentrèrent au mois d'avril 1797 en jouissance de l'église Saint-Aspais, qui, en vendémiaire an VI, fut divisée en deux parties : l'une, le chœur, pour la célébration des fêtes décadaires ; l'autre, les bas côtés, pour les cérémonies du culte catholique. Ce n'est qu'au mois de novembre 1800 que l'abolition des fêtes décadaires permit l'affectation de la totalité de l'église à la célébration du culte et à la pratique d'une religion pour laquelle seule le monument avait été édifié.

L'époque du Directoire fut une nouvelle Terreur ; la persécution politique et religieuse sévit avec une égale violence. Si la guillotine n'était pas en permanence, la déportation faisait son œuvre, non moins odieuse.

Les campagnes ne sont pas parcourues sans danger ; des assassinats sont journellement commis aux portes mêmes de Melun : la bande des chauffeurs torture cinq personnes à Sermaise, près de Bois-le-Roi (17 germinal an IV) ; le courrier de Lyon et le postillon de la malle sont tués le 8 floréal de la même année ; et six personnes subissent un semblable sort près de Favières, le 19 floréal an V. Les troubles sociaux sont un bouillon de culture pour les bandits.

Les faits de cette nature, fréquents et horribles, terrifièrent les populations. La gendarmerie est impuissante à réprimer les bandes errantes, en quête de vols à commettre, de crimes, au besoin, à perpétrer.

La ville tendait de plus en plus à la réaction : la municipalité se plaint, en prairial an VI, de faits qui lui paraissent inquiétants ; des placards sont apposés la nuit, où l'on menace la République ; l'arbre de la liberté est l'objet de mutilations ; le chant « homicide » du *Réveil du Peuple*, signifie une tendance, bientôt à peine mesurée par les ennemis de la République.

Le corps municipal, pour lutter làcontre, réorganise les séances décadaires (vendémiaire an VI) et consacre de nouveau l'église Saint-Aspais comme *temple de la Patrie et des Lois*. Les anciens terro-

ristes qui ont pu se glisser dans le sein de la municipalité retrouvent un peu de leur audace d'antan
pour demander la démolition de « cet édifice burles-
que, dont le moindre inconvénient est de gêner la
circulation de l'air... Masure informe qui annonce
au voyageur étonné que la superstition a encore
conservé tout son empire sur une partie des habitants de cette commune ». Cette demande, si peu
conforme à la loi du mois de mars 1795 qui recon-
naissait au culte catholique le droit d'exister et, par
conséquent, à tout citoyen le droit absolu de le
pratiquer, n'eut pas de suite ; l'administration supérieure ne tint aucun compte du vœu de la municipalité.

De nouveau, les atteintes sont faites à la liberté
civique. Le port d'une cocarde tricolore à la coiffure
est rendu obligatoire par l'administration, sous peine
d'incarcération (23 frimaire an VII). Aux curieuses enseignes moyenageuses, on substitue des inscriptions
comme celle-ci : *Ici on s'honore du titre de citoyen.*
Aux coins de rues, s'étalent des sentences et maximes
morales. « Monsieur » est un terme proscrit comme
incivique ; il convient de dire « citoyen ». La célébration du décadi est obligatoire ; l'observation du
dimanche, proscrite ; l'usage de la sonnerie des cloches, interdit ; les prêtres non assermentés, emprisonnés, puis déportés.

Et malgré ces pressions violentes, ou plus exactement à cause même de ces amoindrissements croissants de liberté, la population s'éloigne des idées ré-

publicaines. Le 18 brumaire a détruit la chose républicaine ; la Constitution de l'an VIII, soumise par
Bonaparte à l'approbation du peuple, est favorablement reçue ; elle laisse espérer le calme, la paix,
l'ordre à l'intérieur, le véritable respect des consciences blessées depuis la fin de la Monarchie et les
Melunais acclamèrent le Premier Consul.

CHAPITRE XIII

La Constitution de l'an VIII ; l'administration ; la centrali-
sation des pouvoirs. — Le premier préfet : Alexandre de
La Rochefoucault. — Relèvement de Melun. — L'Empire
(mai 1804) ; presque unanimité impérialiste. — Fêtes. —
La campagne de France. — Fuite de la municipalité ; son
remplacement par une commission provisoire (29 mars
1814). — Occupation de Melun ; départ des alliés. — 1815.
— Retour du roi. — Les alliés à Melun ; Joseph II chez
M. Despatys. — La question des subsistances (1816-1817).
Travaux d'utilité publique ; projets de la municipalité.
La révolution de 1830. — Réorganisation de la garde nationale. — Rôle utile de la municipalité (1830-1848). —
Construction de l'Hôtel de ville (1847). — Les comices
agricoles ; l'industrie ; le choléra de 1832. — Le passage du
duc d'Aumale et du 17e léger (9 septembre 1841) ; le pont
d'Aumale. — La ligne ferrée Paris-Lyon.

L'administration, après la Constitution de l'an VIII,
fut modifiée d'une manière importante. Melun était
doté d'une préfecture et le poste confié à M. Alexandre de La Rochefoucault ; d'une sous-préfecture, d'un
tribunal criminel et de toutes les administrations
civiles, financières et autres qui avaient pour champ
d'action le département tout entier.

La centralisation des pouvoirs est à peu près complète ; les citoyens ne nomment plus les maires.

Le rôle du corps municipal se borne à l'établissement de budgets sommaires, à la surveillance des

HOTEL DE VILLE

opérations relatives à la conscription, et à l'exécution de mesures de police que le préfet a ordonnées. Les officiers municipaux n'ont plus même à délibérer, ni, pendant un certain temps, à tenir de registres.

L'érection avait été décidée dans chaque département, par un arrêté du gouvernement consulaire du 20 mars 1800 (29 ventôse an VIII), d'une colonne sur laquelle seraient inscrits les noms des citoyens morts pour la défense de la patrie. M. de La Rochefoucault posa le 25 messidor (14 juillet 1800) solennellement sur la place de la Réunion (ancienne place Saint-Jean) la première pierre de la colonne départementale qui devait y être érigée sur les plans de l'architecte et graveur Charles Le Normand. La cérémonie dut être célébrée avec enthousiasme ; les Melunais venaient de fêter la victoire de Marengo.

Cependant la colonne départementale resta à l'état de projet et de ce monument le musée conserve seulement la médaille en bronze placée lors de la cérémonie du 14 juillet 1800, sous la première pierre et portant d'un côté l'indication *République française* et les noms des trois consuls, Bonaparte, Cambacérès et Lebrun. La République, en vérité, n'existait plus que de nom.

L'auteur du projet de monument avait passé pendant la période révolutionnaire quelques années à Melun, et fait quelques travaux de gravure et de dessin d'un intérêt local : ainsi, outre le projet de colonne départementale, un plan circulaire de la place Saint-Jean avec salle de spectacle au coin du boulevard, un projet d'Hôtel de ville à construire complètement, une décoration civique des patriotes de Melun, et une pièce fort curieuse de faits dont il fut témoin en l'an II, l'opération de lessivage des terres pour la fabrication du salpêtre, dans l'église Saint-Aspais.

La vie locale perd sa physionomie d'autrefois. Quelques événements d'un intérêt restreint et menu la rompent à peine : faits divers d'un modeste journal. On s'émeut, un jour, de la crue qui menaça les ponts d'un écroulement en 1802 ; ils avaient résisté à des crues bien plus considérables, en 1740, 1762, 1784, 1794. On réparait dans les quartiers voisins de l'Almont et de la Seine les dégâts causés par l'inondation de janvier.

Un arrêté consulaire (voyez la centralisation excessive) réglemente, le 18 messidor an X (8 juillet 1802) la foire Saint-Jean et prescrit que cette réunion commerciale aura lieu à compter du 1er juillet de chaque année et durera trois jours. Mais la physionomie de cette foire a changé. C'est l'ancienne fête et foire Saint-Jean, où les cultivateurs briards venaient engager, à la louée, des domestiques de ferme pour le terme courant depuis la Saint-Jean (24 juin) jusqu'à la Saint-Martin.

C'est aussi le préfet qui consacre à la détention des vagabonds et des mendiants les bâtiments de l'ancien Hôtel-Dieu Saint-Nicolas, qui a été, depuis le début de la Révolution un établissement hospitalier ; c'est l'origine de la maison centrale de force et de réclusion bâtie sur le même emplacement en 1812, agrandie et modifiée en 1821, 1860 et 1885 ; destinée originairement à recevoir hommes et femmes, mais depuis 1823 exclusivement affectée aux hommes condamnés à la réclusion.

L'une des manifestations de la vie sociale est le groupement de diverses personnes pour former des sociétés dans des buts divers : professionnels, amusement, distractions. Une société libre d'agriculture formée entre les cultivateurs et propriétaires fonciers de la région tient sa première séance le 4 mai 1804 sous la présidence du préfet, M. Lagarde. Des sociétés littéraires, vaguement conçues par quelques esprits curieux de la ville, ne vivent que fort peu de temps. Les chevaliers de l'Arquebuse ont repris leur arme favorite et leurs parties.

L'Empire est proclamé. Melun fête l'événement prévu (20 mai 1804) et le 1er juillet salue, au passage, l'Empereur qui de Fontainebleau se rend au château de La Houssaie chez le général Augereau.

Napoléon pouvait être flatté des résultats dans notre département du plébiscite ouvert sur la question de l'établissement de l'empire au profit du Premier Consul. Seine-et-Marne avait donné sur 33.562 votes, 33.549 oui et 13 non ; l'arrondissement de Melun avait à lui seul donné 7.083 oui, sur 7.087 votants. Des fonctionnaires, quelques-uns anciens révolutionnaires et terroristes, n'eurent aucune peine à prêter entre les mains du préfet le serment de fidélité à l'Empereur et à acclamer celui-ci à son passage dans la ville.

Napoléon se préoccupa des besoins de la population, des pompiers qui furent réorganisés l'année suivante en groupement distinct du corps de l'artillerie de la garde nationale, et surtout de ses Mamelucks, dont il avait ramené d'Égypte un escadron placé en garnison à Melun. Lors de leur licenciement à la fin de l'Empire quelques-uns de ces soldats se fixèrent dans la ville et y procréèrent.

Les événements dignes d'être fêtés furent nombreux sous l'Empire et les Melunais ne laissèrent échapper aucune occasion de témoigner à l'Empereur et aux armées qui fatiguaient la victoire, leur admiration et leur enthousiasme patriotique : le sacre de l'Empereur à Paris (3 décembre 1804), la proclamation de la victoire d'Austerlitz (16 décembre 1805), le retour de la compagnie des Mamelucks de la garde impériale (17 février 1806), le traité de Presbourg.

L'Empereur acheva la pacification intérieure en faisant disparaître les traces des mesures révolutionnaires et en revenant aux traditions que le peuple aimait : il abolit le calendrier républicain, assez artificiel, et rendit au culte catholique toutes ses libertés.

Le maire informa les Melunais le 6 avril 1808 que les cérémonies religieuses auraient lieu publiquement et que les ministres du culte auraient liberté de porter les sacrements, faire des processions et assister aux convois.

Un grand banquet à l'Hôtel de ville célébra la proclamation de la paix après la victoire d'Iéna au mois de juillet 1807 et les couplets d'un poète local invoquèrent pour un tel triomphe les « lyres de Pindare et d'Homère ».

Melun vit quelquefois jusqu'à ses portes l'équipage de l'Empereur chassant en forêt de Bierre, pendant les séjours de la cour impériale à Fontainebleau.

Le passage des princes, des généraux, d'étrangers de marque animait la calme petite ville. Elle acclamait et faisait passer sous des arcs de triomphe plusieurs divisions de la Grande Armée ramenées d'Allemagne en Espagne pour réparer les revers du général Dupont.

Cependant, le pays se fatiguait des incessantes conscriptions.

L'agriculture, l'industrie périclitaient, faute d'hommes valides, tous aux armées. Le nombre des déserteurs, des insoumis croissait ; une colonne mobile en 1811 rechercha les uns et les autres. La campagne de Russie, la marche à travers l'Allemagne sont suivies des menaces d'invasion. Les menaces deviennent réalité et la garde nationale est réorganisée pour la défense du sol français (janvier 1814), des compagnies franches sont instituées. M. de Plancy, préfet de Seine-et-Marne, ordonne le 11 février la levée en masse du département. La garde nationale active de Melun comptait beaucoup d'anciens militaires, capables d'une défense vigoureuse. Les gardes-champêtres et les forestiers faisaient partie des compagnies franches ; et la compagnie melunaise de canonniers nationaux s'exerçait tous les jours. Ces troupes, d'une faible cohésion sans doute, furent à la disposition du général Pajol, chargé d'organiser la défense de la vallée de la Seine, de Melun à Nogent-sur-Seine (janvier). Nos gardes nationaux avaient des armes et de l'équipement, mais pas de munitions. Le Pont aux Moulins est coupé et quatre cents gardes nationaux de Melun y sont postés pour la défense du passage (23 janvier 1814).

Les ressources de Pajol, en hommes, sont insuffisantes ; il évacue Montereau et s'établit au Châtelet, couvrant Melun, puis se replie sur Evry-les-Châteaux, suivi par l'ennemi le long des deux rives de la Seine.

Les hussards wurtembergeois se présentent les premiers dans la plaine de Saint-Liesne et se heurtent à des barricades, de tous côtés, et prudents, se contentent de bivouaquer. Quelques-uns seulement, plus audacieux, se glissent par le passage des piétons à la barricade de la place Saint-Jean et viennent dans un cabaret, à l'angle de la rue de l'Eperon, boire à côté de fantassins français, traînards débandés. Autour des verres, il n'y avait plus d'ennemis. Mais, au départ, les Wurtembergeois laissèrent sur la place Saint-Jean un cadavre : le premier coup de feu des Melunais pendant la campagne de France (15 février).

Le lendemain, un détachement de cavaliers ennemis pénètre jusqu'à l'Hôtel de ville et l'officier qui le
commande dictait déjà d'exorbitantes réquisitions
de vivres et fournitures diverses, lorsque, au cri de
Vive l'Empereur, quelques dragons français le font
prisonnier et poursuivent et chassent les Wurtembergeois : c'est le premier combat, à Melun, pendant
la campagne de France (16 février). Un habitant
nommé Debeyne, ancien militaire, entrepreneur de
voitures publiques à Saint-Barthélemy, avait donné
à des dragons de Pajol, campés dans le bois de Montaigu, l'occasion de cet heureux coup de main.

Pajol intervint et repoussa l'ennemi sur Montereau,
Nos gardes nationaux, dans sa petite armée diverse-
ment composée, ne faisaient pas mauvaise figure
auprès de soldats d'élite rappelés d'Espagne.

Les cosaques, d'autre part, n'avaient pu franchir
les chevaux de frise établis dans le faubourg Saint-
Ambroise, à la porte de Bierre ni rompre la résistance des gardes nationaux postés là.

Le général Alix fit rétablir provisoirement l'arche
rompue du Pont aux Moulins, pour le passage de ses
troupes destinées à opérer sur la rive gauche de la
Seine, entre Fontainebleau et Moret.

Si les Melunais virent assez peu de combattants
ennemis, en revanche ils virent passer à travers la
ville de nombreux prisonniers faits à la bataille de
Montereau, de nombreux blessés amenés dans leurs
hôpitaux et des cadavres charriés par la Seine. La
sœur Emélie, morte supérieure de l'hôpital en 1855, fut

admirable de dévouement pour tous les blessés sans distinction de nationalité.

Cependant, la panique se répandait. Le maire même et les adjoints de Melun prirent la fuite le matin du 29 mars et le comte de Plancy, préfet, nomma le lendemain cinq notables à l'effet d'administrer la ville, avec les pouvoirs les plus étendus. Cette municipalité provisoire, composée de MM. Hubert Lajoye, médecin, Chamblain, notaire, Tournemine, avoué, Dulac, et Lestang, notaire, assura jusqu'au 2 mai le fonctionnement des services administratifs de la ville.

Les routes étaient encombrées des voitures de familles affolées et de charrettes réquisitionnées pour les transports militaires. Bien entendu, les voituriers étaient payés peu ou point, l'un d'eux déclare plaisamment dans son mémoire qu'il a reçu, à titre d'acompte, neuf coups de fouet, un coup de poing, un coup de pied et un mauvais couchage.

Les troupes de Marmont, battant en retraite vers Paris, s'arrêtent à Melun le 28 mars et laissent quelques détachements pour la défense du passage de la Seine.

Les barricades de Saint-Liesne, des Carmes et de Saint-Barthélemy sont trop faibles; les Français se replient à Saint-Ambroise, en combattant pied à pied, rue par rue, avec l'aide des habitants. Lanciers, chasseurs à pied, hussards résistent courageusement pendant trois jours aux attaques des alliés et à la canonnade qui part de Saint-Etienne et des Moulins.

Le passage de la Seine n'était pas encore forcé lorsque le 5 avril le colonel russe Effimovitsch, investi du commandement de la ville, annonçait par des placards la suspension d'armes.

Les défenseurs de Melun rejoignirent l'armée cantonnée au sud de la Seine entre Essonnes et Fontainebleau, et les alliés rétablirent le pont et occupèrent le quartier héroïquement défendu.

Le corps d'armée de Kaissanoff occupa Melun et ses environs et les habitants furent astreints au logement et à la nourriture des ennemis, à peine d'exécution militaire. Chaque homme avait droit à une ration journalière de deux livres de pain, une demi-livre de viande, une demi-bouteille de vin ; chaque cheval, huit litres et un tiers de litre d'avoine, dix livres de fourrage et la paille du couchage.

Les Cosaques, paraît-il, se comportèrent le plus convenablement, presque avec douceur ; excepté sans doute après les fortes consommations d'eau-de-vie malicieusement mélangée d'un peu de poivre, ce qui leur faisait trouver le « schnapp, pas bon en France » ! La chandelle bouillie et des maquereaux leur étaient un régal, assez peu coûteux. Kaissanoff et son état-major exigeaient une tout autre nourriture.

Par bonheur, l'occupation étrangère cessa le 1er juin et notre ville, évacuée, put travailler à réparer les pertes subies.

En même temps, l'opinion politique changea promptement. Les fonctionnaires donnant l'exemple, on accueillit « l'avènement mémorable du descendant de Henri IV » avec autant d'enthousiasme qu'on avait acclamé la proclamation de l'Empire. Le maire et les adjoints adhéraient (avril 1814) aux décrets du Sénat concernant la déchéance de Napoléon et unissaient « leurs vœux à ceux des Français pour le rétablissement du chef de la maison de Bourbon sur le trône héréditaire de Saint-Louis ». La France se réveillait monarchiste pour Louis XVIII.

Cet événement redonna quelque courage au maire et aux adjoints qui le 29 mars avaient déserté leur poste. Ils allèrent présenter au roi, aux Tuileries, l'assurance de leur dévouement.

Après le départ des alliés, Melun avait à réparer des désastres privés : les finances municipales étaient gravement obérées, les monuments et les maisons particulières plus ou moins détériorés. La municipalité se préoccupa avec sollicitude des intérêts de tous et de chacun, mais les événements de 1815 troublèrent les dispositions prises pour un nouvel avenir.

Le conseil municipal eut brusquement à choisir entre Louis XVIII, qu'il avait assuré l'an passé de sa fidélité, et l'Empereur, qui marchait triomphalement sur Paris. Le cri de *Vive l'Empereur* retentit dans la ville. Les conseillers municipaux ne surent pas être d'un avis différent et les habitants applaudirent les troupes qui traversaient la ville, la cocarde tricolore à la coiffure. Le préfet, M. de Plancy, conserva ses fonctions pendant les Cent Jours ; la ville se pavoisa et resta pavoisée de drapeaux aux trois couleurs jusqu'à la nouvelle et définitive chute de l'Aigle et la conscription recommença. Les hommes valides de vingt à soixante ans furent organisés en huit bataillons, dans tout le département, et dirigés sur les places du nord (avril 1815).

Un peu plus tard, Melun voyait passer les débris de l'armée battue à Waterloo, puis des éclaireurs cosaques (8 juillet), ensuite des troupes bavaroises qui vécurent chez l'habitant du 13 au 19 juillet, et encore des régiments russes qui occupèrent la ville pendant une quinzaine de jours aux frais des habitants, en logements militaires. Chaque jour, un concert donné aux habitants sur les pelouses du château, apportait quelque animation.

Déjà le drapeau blanc flottait de nouveau sur les édifices, à la place du drapeau tricolore, et « au milieu des plus éclatants témoignages de l'allégresse générale. »

Le conseil municipal, renouvela ses sentiments de fidélité au roi, le 1ᵉʳ août 1815, à l'occasion « de son heureux et nouveau retour sur le trône de ses ancêtres ». Une telle versatilité est de tous les temps.

La municipalité, pour alléger les habitants de la lourde charge des logements militaires, fit construire des baraquements pour les troupes dans la plaine du Mée depuis les hauteurs des Fourneaux jusqu'à Marché-Marais.

Une revue passée par l'empereur Alexandre le 29 août incita les habitants à orner les rues ; quelques incidents troublèrent la fête : Les cris *Vive l'Empereur* causèrent des arrestations. L'allusion paraissait directe à Napoléon. Les Russes se montraient dans leurs rapports avec la population plus traitables que les Prussiens et les Bavarois ; et chaque soir les Melunois assistaient, non sans émotion, à la prière commune dite par la garnison, sans armes, sur la place Praslin.

Aux Russes, partis le 4 septembre, succédèrent l'empereur Joseph II et ses Autrichiens. Ce monarque logea pendant trois semaines environ dans la maison de M. Despatys, procureur impérial, rue Saint-Barthélemy, qui avait parc et jardin. Chaque jour, ces deux hommes s'entretenaient de la législation, de la jurisprudence française, à laquelle Joseph II s'intéressait. Le soir, il faisait sa partie dans un quintuor où était le célèbre Baccherini.

Chaque matin, il assistait à la messe de 7 heures en l'église Saint-Aspais.

Le digne Melunois, lors du départ du monarque, déclina l'offre de celui-ci d'assurer le sort d'un de ses trois fils, s'il voulait le lui confier. « Sire, mes fils sont nés Français, je désire qu'ils ne perdent jamais cette qualité, et consacrent toute leur vie aux intérêts de leur pays. » « C'est là, répondit Joseph II, un sentiment très louable que je ne peux qu'approuver ». Quelque temps, M. Despatys recevait une bague avec diamant, remerciement et souvenir.

Le 9 octobre, les troupes quittaient la ville, après trois mois d'occupation, et les Melunois cherchaient à oublier les pénibles souvenirs de deux invasions et acceptaient les promesses de paix du nouveau gouvernement. La bourgeoisie était particulièrement satisfaite de reprendre son rang et ses droits refoulés dès l'an II. L'administration préfectorale s'employa à réparer les désastres de l'occupation étrangère. Le clergé revendiquait légitimement les droits dont l'avait privé une législation éclose de la passion antireligieuse. Le nouveau préfet, le comte Germain, nommé le 14 juillet 1815, montrait autant de zèle que de savoir.

Une garnison française, composée de lanciers de la garde royale, s'installa le 19 octobre, à la satisfaction des habitants.

Bientôt la réaction ultra-royaliste se manifestait dans tout le pays. Une cour prévôtale fut instituée à Melun, pour juger les prétendus complots anti-bourboniens qui auraient pu être tramés par les dociles Melunois. Les fêtes religieuses et autres étaient nombreuses et aucun fonctionnaire n'aurait voulu manquer à une procession. D'anciens terroristes, qui avaient pris une part ardente aux mesures contre les ecclésiastiques vingt ans plus tôt « scandalisaient par leur piété », tout au moins par leurs démonstrations dévotieuses.

La ville acclama le roi et sa famille se rendant de Fontainebleau à Paris le 16 juin 1816 ; les gardes nationaux étaient particulièrement enthousiastes ; le roi venait d'accorder la décoration du Lys à toutes les gardes nationales du département de Seine-et-Marne, à l'occasion de son séjour à Fontainebleau.

La question des subsistances créa de graves difficultés pendant les années 1816-1817. Les intempéries firent perdre la récolte de blé ; le prix du pain augmenta ; les mendiants et les vagabonds parcoururent les campagnes, volant et menaçant,

Des ateliers de charité ouverts à Melun occupèrent les moins paresseux ; des fourneaux économiques distribuèrent à prix réduits des soupes dites *à la Rumfort*.

Les marchés étaient le théâtre de désordres et de violences.

Le blé au mois de juin 1817, époque de la crise la plus intense, atteignit ici le prix de 60 francs le setier, soit 10 francs de plus que dans les années 1789 et 1793 qui avaient été de la plus grande misère. Il fallut de nouveau contraindre les cultivateurs à assurer l'approvisionnement normal.

L'octroi avait produit de 35.000 francs en 1815 à 40.000 francs à peine en 1817, pour remonter à 49.000 francs environ en 1818. Avec quelques recettes autres, le budget atteignait une soixantaine de mille francs, tout juste suffisants pour l'entretien des services et impuissants, par suite, à permettre des améliorations nécessaires. C'est cependant l'époque de la création du boulevard Saint-Ambroise ou boulevard Chamblain, du nom du maire en exercice (1817) ; où l'on ouvrit une école d'enseignement fréquentée, faute de place, par le tiers des enfants pauvres de la ville.

Le collège, évacué en 1816 de l'ancien couvent des Carmes, était transféré dans de petits locaux de la rue Neuve et de la rue de la Juiverie.

Les grands travaux de voirie entreprise par l'Etat et le département portaient profit à la ville. La mise à l'alignement des rues situées sur le parcours de routes royales fit disparaître les pittoresques maisons du coin Musard, des Marmousets, des Piliers et nombre d'autres.

La maison centrale de détention était transformée en une maison de force pour renfermer les individus des deux sexes condamnés à la réclusion, les femmes et les filles condamnées aux travaux forcés et les condamnés par voie correctionnelle à la peine de plus d'un an d'emprisonnement (ordonnance royale du 2 avril 1817).

Elle fut agrandie en 1821, malgré la protestation du conseil municipal. Les tribunaux et la gendarmerie quittaient (1817) l'ancien couvent des Visitandines pour occuper l'ancien couvent des Carmes, où ils sont toujours.

Les bâtiments de l'ancien monastère des Bénédictins de Saint-Père recevaient le service des bureaux de la préfecture, installés jusqu'alors dans le couvent des Carmes.

L'avènement de Charles X salué par le conseil municipal en sa délibération du 21 septembre 1824

fut comme un simple épisode qui ne troubla nullement le calme habituel de notre ville.

Les habitants du Petit-Clos, dans le quartier Saint-
Ambroise, purent continuer à jouir dans la forêt de
Fontainebleau d'un droit d'usage fort ancien, qui
leur assurait le pâturage de leurs bestiaux.

La faiblesse des ressources budgétaires ne permettait au corps municipal, soucieux du bien-être
général, que de faire des projets : la construction
d'abattoirs, réalisée seulement en 1840 ; l'établissement d'un marché couvert, la construction des quais
de la rive droite, achevée sous Louis-Philippe, en
même temps que semblable travail était entrepris
sur la rive gauche pour le halage des bateaux.
L'ouverture de la rue Charles X (ensuite rue d'Orléans, aujourd'hui rue du Nord) créa en 1824 un
nouveau quartier à la place de terrains vagues
voisins de la rue Saint-Barthélemy.

La municipalité se préoccupait beaucoup plus de
l'administration urbaine que de la situation politique ; celle-ci lui paraissait fort justement en dehors
des soucis d'un corps exclusivement créé pour l'administration de la ville.

Le goût des belles cérémonies religieuses et des
fêtes et concerts se développait dans toutes les classes de la société et donnait une satisfaction suffisante
au besoin naturel de distractions en dehors de l'activité utile

La Révolution de 1830 fit naître de nouvelles inquiétudes dans l'esprit de la très grande majorité de

la population attachée sincèrement à la Monarchie. Les souvenirs mauvais de 93 hantaient encore les esprits. La garnison de Melun partait et accompagnait le roi Charles X jusqu'au port de Cherbourg.

Les « trois glorieuses » produisirent une grande impression, mais au milieu des nouvelles contradictoires alors colportées à Melun, les royalistes ne perdirent pas l'espoir. Le duc de Chartres, colonel du régiment de hussards en garnison à Joigny, entrait dans Melun, et l'accueil du conseil municipal et des habitants lui fut une encourageante manifestation du sentiment populaire.

La garde nationale de la ville, inactive depuis plusieurs années, était en voie de réorganisation (juillet-août 1830) ; un ancien soldat de l'Empire, le comte d'Astorg, retiré à Farcy-lès-Lys, près de Melun, offrit ses services personnels, et, comme simple garde prit la faction à l'Hôtel de ville. L'ancien général donnait un louable exemple.

La nouvelle municipalité présenta au nouveau roi, le 13 août 1830, l'assurance de son entier dévouement et bénit l'heureux jour qui en l'élevant au trône sauvait la France du despotisme et de l'anarchie. Nos conseillers municipaux appréciaient, en usant de ces termes, la Révolution de Juillet avortée. Ils renouvelèrent cette appréciation lorsque l'année suivante, le 2 juillet, Louis-Philippe passa à Melun et fut triomphalement accueilli : avec revue de la garde nationale, banquet à la préfecture, bal au théâtre ; toute la maison royale prit part aux réjouissances.

L'ère des tentatives pour la régénération de la ville était passée ; les ressources, croissant d'année en année permirent à la municipalité d'accomplir de 1830 à 1848 des œuvres d'importance favorables au bien public : l'assainissement des quartiers bas ; le redressement des principales voies ; la création de quais sur le petit bras du fleuve bientôt bordés de constructions particulières ; l'acquisition et la restauration de la salle de spectacle installée dans l'ancienne église des Carmes appartenant à une société d'actionnaires (1835) ; la mise en exercice d'un établissement de charité, annexe complément du bureau de bienfaisance sous la direction des sœurs de Charité de l'Ordre de Saint-Vincent de Paul, les illustres Petites Sœurs des pauvres ; la création d'une caisse d'épargne ; la construction d'abattoirs, pour affranchir la ville de l'inconvénient des tueries au domicile des bouchers (1840) ; la création de la promenade de Vaux le Pénil ; l'achèvement du boulevard Chamblain ; la reconstruction du pont Marat ; la fondation d'une salle d'asile ; la démolition des derniers restes des fortifications établies par le capitaine Ambroise Bachot sous Henri IV, et notamment du bastion de la Porte de Bierre (1841) ; l'ouverture de nouvelles écoles gratuites ; la substitution de pompes aux puits publics, et du gaz à l'éclairage à l'huile au moyen de réverbères ; le transfert du cimetière du nord, du marché ; le développement du collège par des allocations améliorant le sort des professeurs et la création de bourses et demi-bourses : telles furent les principales entreprises menées à bien par la municipalité entre les deux brèves révolutions de 1830 et 1848. Et comme il convenait que nos conseillers municipaux eussent pour le fonctionnement des services chaque année plus importants, un local approprié et digne de la ville, l'architecte J.-J. Gilson construisit en 1847 un Hôtel de ville ; M. Clément était maire et MM. Rabourdin et Damour, adjoints. Une médaille de bronze, à l'effigie de Louis-Philippe, fut placée le 24 juin 1847, en commémoration de ce fait, sous le pilier de droite de la principale porte d'entrée.

Plusieurs fois, notamment en 1830 et en 1836, la débâcle des glaces et des inondations endommagèrent sérieusement le Pont aux Moulins, dont l'arche marinière tomba, et le Pont aux Fruits, et retardèrent les travaux de construction des quais.

Un pont suspendu, genre américain, remplaça le Pont aux Moulins.

Le Pont aux Fruits était en partie réédifié et en même temps élargi. La vicinalité dans les directions de Milly, Corbeil, Mormant et Tournan, était améliorée par les soins actifs de l'Etat et du département, et ces travaux contribuèrent à développer le mouvement commercial de Melun.

La Société d'agriculture de cette ville prenait l'initiative d'instituer les comices agricoles (1832) et les cérémonies de ce genre, nombreuses depuis cette

époque, restent d'une incontestable utilité et sont
suivies avec attention par tous les fermiers et cultivateurs de notre Brie.

L'industrie en même temps se développait et une
association installait, au faubourg Saint-Liesne, une
usine pour la fabrication du sucre de betteraves,
dont le développement, à la vérité, fut lent et pénible (1835). Le choléra de 1832 (5 avril-24 septembre) enleva cent vingt-neuf personnes, surtout dans
les rues au Lin, Vaugrain, de la Vannerie et du
Presbytère, les moins salubres de la ville, et la fréquence des décès fit une si douloureuse et si profonde
impression sur la population que la municipalité et
le clergé convinrent que le viatique ne serait plus
porté ostensiblement et que le glas funèbre ne serait plus sonné. Un bateau transportait sur la rive
gauche de la Seine les corps des individus morts à
l'hôpital et l'inhumation se faisait dans le cimetière
Saint-Ambroise.

Les remarquables efforts accomplis par les maires
et leurs conseils pour l'amélioration de la ville
étaient hautement appréciés par le gouvernement et
par le préfet M. de Germiny. Le roi décora plusieurs maires, en témoignage officiel et mérite d'es-
time et de reconnaissance pour des services réels
rendus à la chose publique, services exceptionnels
des plus honorables. Louis-Philippe était populaire.

La guerre d'Algérie durait depuis onze années,
lorsqu'un événement donna aux Melunais l'occasion
de manifester leur patriotique admiration pour les

troupes d'Afrique : ce fut le passage, le 9 septembre 1841, du 17e léger, commandé par le très jeune duc d'Aumale, illustre déjà par sa glorieuse campagne autour de Médéah, contre Abd el Kader et ses réguliers.

Au récit d'un historien local, le regretté Gabriel Leroy, « sur toute la route, depuis le débarquement à Toulon, le prince et son régiment furent fêtés. Partout arcs-de-triomphe, réceptions cordiales, banquets, toasts et discours. L'empressement se continua dans Seine-et-Marne. A Montereau-faut-Yonne, à Valence, au Châtelet, à Sivry, les soldats furent reçus à bras ouverts ; on se les arrachait pour leur offrir l'hospitalité.

Melun se signala dans l'enthousiasme général. Les rues entièrement pavoisées disparaissaient sous les guirlandes de feuillages et de fleurs. A l'entrée du pont Saint-Liesne, nouvellement reconstruit et dont l'inauguration était réservée au prince, un arc-de-triomphe avait été dressé et l'on y lisait une inscription académique en l'honneur du 17e léger et de ses officiers.

Au matin, le duc d'Orléans, parti la veille au soir de Paris, accompagné d'un seul aide-de-camp, avait traversé la ville au galop pour se rendre au-devant de son frère. La rencontre eut lieu au Châtelet, où le régiment faisait halte.

— Où est le colonel ? dit le duc à un soldat trinquant avec des habitants.

— Là, dans cette auberge.

C'était le meilleur hôtel du pays — la maison Brun aujourd'hui. — Un hôtel un peu rustique, enfumé, où tout le monde s'empressait, se bousculait pour mieux servir le prince et ses officiers qui y déjeunaient.

Les deux frères se jetèrent dans les bras l'un de l'autre. Un bel homme, le duc d'Orléans, qui, hélas ! moins d'un an plus tard... Le duc d'Aumale, bruni par le soleil d'Afrique, mais fluet, la lèvre à peine ornée d'une moustache naissante.

Le régiment fit son entrée à Melun au milieu d'un transport indescriptible. C'était plus que de la joie, c'était du délire. On ne sait plus aujourd'hui à quel point l'armée d'Afrique, sans cesse soumise aux plus rudes campagnes, était populaire. On voyait revivre en elle les gloires du premier Empire, qui faisaient encore vibrer le cœur de la France.

La garde nationale était sous les armes, la garnison tout entière était sur pied, les autorités avaient revêtu leurs uniformes des grands jours. A la barrière Saint-Liesne, ornée d'un arc de triomphe, les discours commencèrent.

C'était le prélude de ceux qui se renouvelèrent au moment où le prince mit le pied sur le pont d'Almont, que nul n'avait franchi jusque-là. Le maire, Bernard de Lafortelle, qui avait le mot pour rire quoique notaire honoraire, assura qu'on l'avait reconstruit bien solide afin de pouvoir supporter le poids des lauriers dont le 17ᵉ léger était chargé. La flatterie ne perdait pas ses droits.

Le régiment se mit en bataille sur la place Saint-Jean pendant que la garde nationale et la garnison se rangeaient sur le boulevard. Les ducs d'Orléans et d'Aumale passèrent devant le front des troupes, au milieu des vivats et des acclamations de la population qui s'écrasait de tous côtés.

Au commandement de : *Rompez les rangs!* après la distribution des logements, nos Africains ne surent plus auquel entendre. Leurs fusils, leurs sacs étaient arrachés pour les soulager et les conduire plus allègrement chez l'habitant. Les braves, encore noirs de poudre, brûlés par le soleil, couverts de poussière, harassés de fatigue aussi, se prêtaient à ces démonstrations qui allaient avoir pour épilogue une généreuse hospitalité.

Pour la réception des princes, de l'état-major et des autorités, l'*Hôtel de France* avait allumé tous ses fourneaux.

Sur le boulevard Saint-Jean, où les files de tables avaient été dressées, un banquet copieux et joyeux, fut offert par la garde nationale aux sous-officiers du 17ᵉ léger et de la garnison. Des monceaux de victuailles y furent dévorées, on se perdit dans le calcul des bouteilles qu'on y vida.

Pour retrouver le souvenir de pareilles agapes, il fallait remonter au premier Empire, quand Melun fêtait le passage de la division Suchet se rendant en Espagne.

Le soir, à la préfecture, un bal réunissait le monde officiel. Le prince s'y montra charmant, quoique fatigué de tant de réceptions et de la pompe qu'on lui imposait. Le duc d'Orléans était reparti immédiatement à Paris, après le déjeuner de l'*Hôtel de France*.

Le salon d'Apollon, où Parque, excellent musicien, entraînait un orchestre bruyant, s'était ouvert à la population et à l'armée. Le 17ᵉ oublieux du poids des lauriers dont le maire avait parlé, faisait sauter les jeunes et gentilles melunoises avec une légèreté, dont quelques-unes, encore survivantes et devenues aïeules vénérables, doivent se souvenir.

La ville était resplendissante d'illumination. Toutes les vieilles graisses disponibles avaient été mises en réquisition pour les lampions qui brûlaient à toutes les fenêtres, dans les moindres quartiers comme dans les rues principales, en exhalant une odeur de friture rance et en répandant une fumée capable d'asphyxier les curieux s'ébaubissant devant ces primitives lumières. Le gaz — encore moins l'électricité totalement inconnue — ne devait pénétrer à Melun que quatre ou cinq ans plus tard.

Le lendemain, à l'aube, au départ du régiment, la ville était debout pour les adieux et pour lui faire escorte. On l'accompagna jusqu'au bois de Vert. Mais il n'est si belle fête qui ne prend fin. On se sépara au milieu des souhaits, des vœux, des échanges de sympathies de toutes sortes. On promit de se souvenir et de conserver à jamais le nom d'Aumale donné au pont Saint-Liesne en mémoire de son inauguration par le colonel du 17ᵉ léger.

Vaines promesses ! — Au lendemain de février
1848, quelques années seulement après les fêtes de
septembre 1841, on s'empressa de déboulonner la
plaque du Pont d'Aumale. »

Ce pont mériterait de reprendre le nom glorieux,
qu'il porta sept années à peine, du Français patriote
et vaillant, qui, après avoir combattu pour la France,
se fit l'historien de la maison de Condé, protégea les
arts et dota l'Institut de son incomparable domaine
de Chantilly rempli de richesses artistiques et littéraires.

Le pont n'était pas encore débaptisé lorsque les
ducs d'Aumale et de Nemours revinrent à Melun le
9 mars 1847 dans le but de passer en revue au
champ de manœuvres le 10ᵉ régiment de dragons,
en garnison dans la ville.

La construction de la voie ferrée de Paris à Lyon
était alors à peine commencée et le viaduc du Mée
doucement s'élevait.

La prospérité dont les Melunois jouissaient depuis
1830 subissait une éclipse ; la récolte des céréales
avait été mauvaise et insuffisante en 1846 et le pain
atteignait le prix de 61 centimes le kilogramme.

Déjà aussi, le mouvement politique qui devait éclater en 1848, sous forme d'une nouvelle révolution,
s'accentuait. L'opposition à Melun, s'agitait en réunions et banquets : on levait les verres à 93 ; sans
doute, aucun des témoins de cette malheureuse époque n'avait un souvenir précis des violences qui

avaient déformé le mouvement vers les réformes utiles.

La soudaine apparition du drapeau rouge en haut du clocher de l'église Saint-Aspais rappela quelques-uns à la conscience de tristes réalités possibles, mais trop tard. Des commissaires du gouvernement provisoire arrivent tout à coup le 25 février, sous le drapeau rouge, pour prendre possession de leurs fonctions nouvelles et conter par le menu les trois journées des 22, 23 et 24 février 1848, et proclamer la chute des Bourbons et l'avènement nouveau de la République. M. de Monicault, préfet de Seine-et-Marne, fit afficher sans retard les dépêches du ministre de l'Intérieur, Ledru-Rollin, et informa la population que, dans ces graves circonstances, le premier devoir de tous les fonctionnaires et de tous les bons citoyens était d'assurer le maintien de l'ordre et de la tranquillité publique et de concourir de tout leur pouvoir au respect des personnes et des propriétés.

Melun resta calme : le chant de la *Marseillaise* et le chœur des *Girondins*, entonnés dans les rues, le drapeau rouge arboré de tous côtés, la plantation d'un arbre de la liberté sur la place Saint-Jean, avec le concours du clergé de Saint-Aspais et sous la protection d'un détachement de la garde nationale, furent les seuls incidents, un peu bruyants, mais non dangereux.

La véhémente harangue de Lamartine fit baisser, ici comme dans toute la France, le drapeau rouge, et relever le drapeau tricolore.

Cependant, la vive anxiété des esprits restreignait la confiance et le crédit, et créait un état de misère. Un atelier communal, ouvert par les soins des officiers municipaux, procura aux chômeurs de bonne volonté, du travail et un salaire modique. Des souscriptions adoucirent les privations des besoigneux.

La municipalité, après avoir fait proclamer le gouvernement de la République et assuré le bon ordre, remit ses pouvoirs au préfet (29 février).

Le petit-fils du fameux Lafayette, Oscar de Lafayette, député de Seine-et-Marne, commissaire en remplacement de M. de Monicault, engagea tous les citoyens à accorder confiance et concours actif et sincère au nouveau gouvernement et à rejeter toute pensée de réactions (1er mars 1848).

Il investit des fonctions de maire M. Félix Poyez, avoué, déjà fort apprécié pour son esprit libéral et ses idées de réforme (4 mars). Le premier appel du nouveau magistrat municipal fut adressé à tous ceux qui pourraient multiplier les travaux particuliers et donner ainsi du pain aux ouvriers en chômage. Il assura le bon fonctionnement de la Caisse d'Epargne. « Les économies des travailleurs, disait-il, sont pour l'Etat un dépôt sacré et inviolable. »

Les acclamations qui accueillirent le 5 mars M. de Lafayette, au cours de la revue de la garde nationale passée sur la route de Fontainebleau, jusqu'au près du village de La Rochette, montrèrent au commissaire du gouvernement que la population adhérait à la République.

L'attente des élections de la Constituante, fixées au mois de mars puis ajournées au mois suivant, avait toutefois créé une nervosité peu rassurante. Le retour du 10° régiment de dragons fut un gage sérieux pour la cause de l'ordre troublé par quelques révoltes des détenus de la maison centrale.

Les élections portèrent en Seine-et-Marne à l'Assemblée Constituante Georges de Lafayette, Oscar de Lafayette, Drouyn fils (Drouyn de Lhuis), Jules de Lasteyrie, Portalis, Chappon, Bastide, Aubergé, Bavoux, tous hommes dont les opinions et les mérites inspiraient, en général, confiance.

Paris, un moment, fut de nouveau secoué par l'émeute qui envahit l'Assemblée et proclama encore un gouvernement (15 mai); 400 gardes nationaux de Melun, avec le maire, furent appelés en toute hâte dans la nuit du 16 au 17 et revinrent dans la soirée du 18, sans avoir agi, mais rapportant un drapeau que leur avait donné la 4° légion parisienne et que le clergé de Saint-Aspais bénit solennellement sur la place du Marché au blé le 23 mai.

L'ordre fut encore, mais plus gravement, troublé à Paris le 24 juin le jour même où les Melunais devaient célébrer la fête de la Saint-Jean. Le départ de la garde nationale supprima toutes les réjouissances projetées et nos Melunais revinrent encore sans avoir combattu.

La dictature du général Cavaignac, homme honnête et droit, restaura la confiance. Melun, comme la France entière, souscrivit en faveur des victimes des journées de juin, célébra en l'honneur des morts un service funèbre en l'église Saint-Aspais, et fit des obsèques solennelles à un de ses gardes nationaux, Louis Beaujard, blessé mortellement en enlevant un drapeau rouge sur une barricade, et mort au moment où il allait recevoir la croix d'honneur.

Le suffrage universel renouvela en grande partie le conseil municipal et constitua ainsi une administration qui voulut faire de la ville un centre industriel et manufacturier. Dans ce but, ils exemptèrent pendant vingt années de droits d'octroi sur les matières premières, combustibles et autres objets servant à la fabrication, tous les établissements industriels qui seraient créés pendant les années 1849, 1850, 1851, dans l'étendue du territoire. Aucune création ne se fit, durant cette période, qui pût profiter de ces dispositions.

CHAPITRE XIV

La Constitution de 1848. — La République. — La nouvelle municipalité ; M. Poyez, maire. — Oscar de la Fayette, préfet, puis député. — La garde nationale de Melun à Paris. — Louis-Napoléon Bonaparte, président de la République. — L'enseignement primaire à Melun ; les Frères. — Le commerce. — Le Coup d'État (2 décembre 1851) ; l'empire. — Amoindrissement des pouvoirs municipaux. — Melun vote pour l'Empire. — Calme de la vie melunaise de 1852 à 1870. — Accroissement des charges publiques et du budget des recettes. — Les enfants de Melun morts pour la France en Crimée (1855).— La garnison de Melun. — Créations : Musée (1860), Société d'archéologie (1864), exposition artistique (1864). — Activité commerciale et industrielle. — Une élection libérale en 1869 : Horace de Choiseul. — 1870, l'année terrible ; occupation de Melun ; départ des Allemands (9 septembre 1871).

La proclamation, le 19 novembre 1848, dans la cour de l'Hôtel de ville, récemment achevée, de la nouvelle Constitution votée par l'Assemblée nationale fut une cérémonie longue et monotone. La saison déjà froide ne permettait pas l'enthousiasme.

L'élection du Président de la République, dans la journée très ensoleillée du 10 décembre, fut pour Louis-Napoléon Bonaparte un triomphe électoral. Aux cris de *Vive Napoléon !* se mêlaient déjà ceux de *Vive l'Empereur !*

On espérait, en vérité, dans le peuple comme dans la bourgeoisie, que la forme républicaine du gouvernement céderait à la Monarchie ou à l'Empire ; en tout cas, que le socialisme, vaincu en juin, garderait la tête basse. Ses partisans ne paraissaient pas de taille à tenir un gouvernement comme celui de la France. Le banquet socialiste du 21 avril 1849 à Melun fut assez peu suivi et les socialistes de Fontainebleau y étaient largement représentés, ce qui faisait nombre.

En revanche, il n'y eut aucune voix discordante, lorsque, peu de jours après, le 29, le prince-président se rendant à Troyes pour l'inauguration du chemin de fer, passa en revue la garde nationale de Melun et les troupes de la garnison ; cérémonie qui fut renouvelée le 9 septembre lors de l'inauguration de la voie ferrée dans sa fraction de Paris à Tonnerre. Et même cette fois, il entendit la messe à Saint-Aspais et déjeuna dans le grand salon de l'Hôtel de ville. La réception eut lieu avec économie ; un crédit de 500 francs suffit pour en couvrir les frais ; nous avons vu quelle était la sage administration de la ville depuis 1830.

L'enseignement primaire est assuré et par une école de Frères de la Doctrine Chrétienne établie depuis peu de temps à Melun sous les auspices de la Société de Saint-Vincent de Paul ; et par des écoles communales entretenues aux frais de la ville, dont deux venaient d'être ouvertes pour les garçons.

L'école des Frères, établie rue Saint-Barthélemy,

fut supprimée en 1880 lors de l'exécution des fâmeux décrets qui furent une première étape dans la restriction à la liberté de l'enseignement, et on la remplaça par une école laïque.

La réorganisation de l'enseignement primaire, laïque, gratuit (avantage fort ancien), pour les enfants des deux sexes, à Melun, date de cette époque.

La création de la place Jacques-Amyot, le redressement de la rue Saint-Liesne, de la rue Saint-Ambroise et de la rue Saint-Etienne, améliorèrent la vicinalité urbaine, vers 1850.

La remise en honneur de l'ancienne foire Saint-Martin et la création d'un marché franc le deuxième samedi d'avril, aujourd'hui à peine vivant, donnèrent alors un regain d'animation au commerce local.

Malgré la raideur des relations entre la municipalité, républicaine, et le préfet, napoléonien, l'administration supérieure encourageait les entreprises des conseillers municipaux dans le sens de l'utilité publique ; aucune obstruction sournoise ne se manifestait. Mais les Melunais furent assez sensibles à la suspension des pouvoirs du maire, le 23 septembre 1851, et aussi longtemps qu'il se montra républicain, le maintinrent au conseil municipal. Ils lui donnèrent même une aubade pendant un concours d'orphéons et de musiques, cinq jours après la mesure de rigueur.

La nouvelle de l'accomplissement du Coup d'État, portée à la connaissance de nos Melunais, au matin du 2 décembre, la dissolution de l'Assemblée Nationale, causèrent une vive impression, surtout parmi les républicains.

Les plus agités de ceux-ci allèrent subir leur pénible impression à la maison d'arrêt, ce qui était d'une rigueur extrême. L'état de siège était proclamé, et les mesures nécessaires pour assurer le bon ordre furent prises par une commission mixte composée d'un général, du préfet et du procureur de la République ; le corps municipal était ainsi privé d'une partie de ses pouvoirs et tenu en suspicion. Cependant, au vote, on oublia bien des rigueurs et les 1582 *oui* recueillis à Melun contre 211 *non* montrèrent que l'Empire était accueilli favorablement.

Une cérémonie religieuse, à laquelle suivant l'usage d'autrefois, même sous la troisième République, assistèrent la municipalité et tous les fonctionnaires, consacra en l'église Saint-Aspais le résultat du scrutin le 1er janvier 1852.

Pendant les dix-huit années de la nouvelle période impériale, la vie melunaise reste assez calme.

La municipalité républicaine, issue des événements de février revint peu à peu à la tête des affaires publiques : elle était composée d'hommes sages modérés sympathiques et respectueux de toutes les consciences comme de toutes les libertés, uniquement soucieux d'administration, dédaigneux de l'intrusion de la politique dans la simple gestion des intérêts urbains.

Cependant, l'accroissement des charges publiques par suite de l'exécution de travaux montre que l'esprit d'économie régnait à un moins haut degré que pendant la période 1830-1848 ; l'accroissement du chapitre des recettes, dans le budget, qui de 194.000 francs environ en 1855 passait en 1860 à près de 342.000 francs, n'était pas en raison directe de l'accroissement des charges.

Melun prenait part à la vie de la nation et à ses manifestations extérieures. Si nos concitoyens célébrèrent avec joie les victoires de nos armées en Crimée, en Italie, en Chine, au Mexique, ils assistèrent à des cérémonies funèbres en l'honneur des enfants de Melun morts à l'ennemi ; la campagne de Crimée, à elle seule, causa pour les Melunais, vingt-sept morts, vingt-sept deuils : le général de brigade Breton, né le 4 novembre 1805, tué le 8 septembre 1855, à l'attaque du bastion central à Sébastopol ; Paul Emile Joyeux lieutenant du génie, blessé mortellement dans la même affaire ; Alexandre Caillet, sergent-major, tué le même jour à Malakoff ; Louis Leblanc, intendant militaire, blessé mortellement à la bataille de l'Alma ; Paul Sevestre, sous-lieutenant au 2ᵉ régiment de zouaves, tué dans un combat de nuit le 24 février 1855.

Les dragons de l'Impératrice, les chasseurs à cheval, le 2ᵉ cuirassiers de la garde, le 2ᵉ carabiniers, les lanciers et les guides, qui de 1859 à 1870 occupèrent successivement la caserne Augereau, aujourd'hui disparue, donnèrent une continuelle animation. Leurs musiques, excellemment composées, offraient fréquemment des concerts, fort appréciés ici de la population et surtout des amateurs.

Dans l'ordre intellectuel, le second empire vit à Melun des créations et initiatives intéressantes : en 1860, la fondation d'un musée par M. Courtois, conseiller municipal, plus tard adjoint au maire ; en mai 1864, une intéressante exposition des beaux-arts, comprenant des œuvres de peinture, dessin, gravure et lithographie, à la suite de laquelle le Jury décerna des récompenses à des artistes justement célèbres comme Charles Edme Saint-Marcel, père, Chaigneau, Harpignies, de Penne, Servin, Veyrassat, etc. ; en 1864 aussi, la Société d'archéologie, sciences, lettres et arts de Seine-et-Marne, toujours vivante.

Le commerce et l'industrie étaient actifs ; les tentatives faites dès 1835 pour la fabrication du sucre de betteraves dans une usine du faubourg Saint-Liesne commençaient vers 1865 à donner des résultats appréciables.

Le développement de l'agriculture éprouvait des soubresauts ; le taux des salaires croissait aussi bien que le prix des vivres.

L'opposition libérale alla grandissante jusqu'au jour (le 7 juin 1869), où le candidat indépendant, Horace de Choiseul, battait avec 1.192 voix melunaises contre 578 le comte de Beauverger, candidat officiel.

Le malaise toutefois donnait aux personnes réfléchies des inquiétudes profondes et la déclaration de guerre à la Prusse, et l'effondrement de l'empire au

4 septembre 1870 furent le commencement d'une
année douloureuse.

L'occupation allemande à Melun dura depuis le
15 septembre 1870 jusqu'au 9 septembre 1871. Un
préfet prussien fut installé à la préfecture et y resta
plusieurs mois. Les charges pécuniaires, réquisitions,
taxes et contributions de guerre s'élevèrent pour la
ville à un demi-million de francs.

La caserne Augereau, abandonnée en juillet 1870
par les guides envoyés à l'armée du Rhin, logea successivement le bataillon des mobiles de l'arrondissement de Melun, dirigé bientôt sur Paris, des francs-
tireurs parisiens, commandés par la Cécilia, qui
esquissèrent une défense du pont sur la Seine.

Vainement les Melunois voulurent adoucir le sort
des prisonniers de guerre français provenant des
combats livrés autour d'Orléans et à Beaune-la-Ro-
lande. Vivres et facilités d'évasion leur étaient pro-
curés, en dépit des brutalités des Prussiens.

L'armistice, qui précéda la signature du traité
de paix, fixait la rive droite de la Seine pour limite
de l'occupation des pays de Seine-et-Marne par les
Allemands. Ils quittèrent la ville le 9 septembre 1871
laissant en délabrement les locaux par eux occupés,
notamment la caserne Augereau. Tous les objets en
bois avaient servi à leur chauffage pendant le rude
hiver de 1870-1871.

La conduite de la municipalité pendant les événements désastreux de 1870-1871 fut plus digne que
celle du corps municipal en exercice en 1814.

La municipalité après la chute de l'Empire, et le rétablissement de la paix montra un républicanisme qui provoqua la révocation par décret du 23 novembre 1874 de MM. Bancel, maire, et Robillard et Nivet adjoints. Ce dernier fut élu maire aux élections municipales du 22 décembre et M. Bancel était de nouveau définitivement élu en cette fonction. La croix de chevalier de la Légion d'honneur fut pour lui, le 6 février 1877, la récompense des services rendus à la ville.

La tentative de rétablissement de la royauté, au 16 mai 1877, amena la dissolution du conseil municipal (9 août) et son remplacement par une commission à la tête de laquelle étaient MM. Poyez, Gaudard et Fuser.

Cette commission cessa ses fonctions le 23 décembre et le secrétaire de la mairie expédia les affaires courantes jusqu'au jour où Eymard, conseiller de préfecture, fut chargé de la diriger (29 décembre) en attendant les élections du 6 janvier 1878 qui portèrent à la mairie M. Ernest Aubergé, avec MM. Porchon et Pernet comme adjoints. Les successeurs de M. Aubergé furent en 1879 M. Ernest Bancel, maire pour la troisième fois ; M. Marc-François Balandreau, commissaire-priseur à Melun aujourd'hui député ; et M. Delaroue, professeur de philosophie au collège Jacques Amyot.

Les diverses municipalités qui se sont succédé pendant la troisième République ont eu surtout à cœur le développement de la ville et son embellissement. Les plus importants travaux à cet égard sont récents.

La caserne Augereau, inoccupée par suite de la translation de la garnison dans le nouveau quartier du faubourg Saint-Barthélemy, fut démolie en 1905-1906. Sur son emplacement divisé par des voies spacieuses dont quelques-unes portent les noms de Henri Chapu, Dajot, Gabriel Leroy, un quartier neuf est en construction. L'ancien faubourg Saint-Ambroise où elle existait depuis plus d'un siècle, subit ainsi une heureuse transformation. Ici s'élevait une église dédiée à saint Ambroise et deux couvents, la Visitation et les Ursulines, un institut des Frères de la Doctrine chrétienne, un éphémère Muséum consacré aux Lettres, aux Sciences et aux Arts.

Le séjour du 2e hussards (1890-1893) fut attristé par de nombreux et graves cas de diphtérie que l'on attribua au mauvais état et à l'insalubrité des vieux bâtiments. L'addition de constructions nouvelles fut une mesure insuffisante et le projet de construire de nouveaux casernements fut adopté en 1893, puis mis à exécution au lieu dit Vaurondins, à l'extrémité du faubourg Saint-Barthélemy. La municipalité, en toutes ces circonstances, se montra justement soucieuse des intérêts de la ville. Elle verserait un million à l'Etat qui se chargerait de la défense principale ; elle supporterait en plus les frais d'ouverture de voies d'accès dans le voisinage de la nouvelle caserne, frais évalués à 200.000 francs, indépendamment d'un service d'adduction d'eau. Elle serait dédommagée à

due concurrence par le produit de la vente des terrains désaffectés après démolition de la caserne
Augereau et obtenait l'abandon de ces terrains, évalués à environ 600.000 francs.

L'adduction des eaux fut difficile ; la plaine Saint-
Barthélemy n'en pouvait point fournir, étant pour-
vue seulement d'une légère nappe d'infiltrations plu-
viales. Les fouilles du plateau de la Glandée, à l'orée
de la forêt de Fontainebleau, coûtèrent inutilement ;
les offres de fourniture d'eau de Seine filtrée furent
difficilement acceptées et le nouveau quartier Pajol
fut occupé. Le transfert de la garnison aura ainsi
amené la transformation de deux quartiers de la
ville.

CHAPITRE XV

A travers Melun : vieux ponts,
vieux logis, vieux souvenirs

Le Pont aux Moulins portait le moulin de Loiselet contigu au pavillon de la Vicomté, le moulin de Saint-Père et plus tard de Saint-Nicolas, au milieu, le moulin des moines de Barbeau contigu à la maîtresse arche et longtemps propriété des seigneurs d'Andrezel en Brie et enfin le moulin des chanoines de Notre-Dame contigu à l'arche marinière ; ces quatre moulins existaient déjà au commencement de l'époque capétienne. Le premier était un fief relevant du roi, avec divers droits qui jadis constituaient un revenu d'une certaine importance. Les bourgeois y devaient faire la mouture de leur blé.

D'autres moulins fonctionnaient encore : ainsi, en aval de celui de Loiselet, du côté de Saint-Étienne, le moulin du prieuré de Saint-Sauveur ensuite possédé par les chanoines de Notre-Dame disparu en 1839, le dernier ; et le moulin Landry, construit sur un bateau en face la rue du Bac et qui eut une durée éphémère au commencement du xixᵉ siècle. On s'imagine l'aspect pittoresque de ces moulins, édifiés sur des pilotis. La sécurité de la navigation exigeait leur disparition, aussi bien que du pont, qui s'écroula en 1835. Il fut remplacé deux ans après par un pont de bois suspendu à des chaînes de fer, système américain fort en vogue à cette époque, s'appuyant sur une pile massive établie au milieu du fleuve. Et la réfection de ce pont fut entreprise en 1870 pour son remplacement par un pont en fonte de deux arches d'ouverture, appuyées sur l'ancienne pile un peu modifiée dans le but de recevoir d'aplomb la retombée.

Les monastères du voisinage de Melun avaient dans la ville des hôtels où leur personnel pouvait trouver un asile, dans les agitations si fréquentes au moyen âge. Ces hôtels urbains étaient appelés des *refuges* et l'on connaît : le refuge des religieuses du Lys, près de la porte des Carmes ; celui des moines du Jard, près de la porte Saint-Jean, à l'extrémité de la rue de la Juiverie ; celui des moines de Saint-Père dans la rue des Tanneurs, quartier Saint-Ambroise, et l'hôtel des moines cisterciens de Barbeau, au centre même de la Cité à l'angle de la rue d'Abélard. De ces quatre refuges, le dernier seul subsiste et il ne reste plus de celui du Jard que des voûtes souterraines aux arcatures ogivales reposant sur des piliers cylindriques surmontés de chapiteaux dont le style évoque le xiiᵉ siècle. L'installation d'une école communale de jeunes filles a dénaturé l'aspect général du refuge de Barbeau. Des caves semblables à celles qui subsistent de l'hôtel du Jard existent en divers endroits de la ville dans les rues Notre-Dame, Saint-

Aspais, du Presbytère, Carnot, de l'Hôtel-de-Ville, de France.

Un des coins les plus curieux du vieux Melun, c'est la poterne Saint-Sauveur, indépendante de la poterne Saint-Nicolas, dont on aperçoit des vestiges dans le même mur d'enceinte, auprès de la poterne des Buffetiers. Tellier, ancien procureur du roi au bailliage de Melun, député à la Constituante, logeait à l'angle de cette dernière poterne.

On a pu voir encore il y a peu d'années, dans les vestiges du prieuré de Saint-Sauveur, des restes de peintures faites au xvie siècle et dont l'une des compositions importantes représentait le jugement. Des dessins d'Eugène Grésy conservés à la bibliothèque de Melun reproduisent les plus intéressantes parties de ces fresques. Le croissant de Diane de Poitiers y figurait à côté de l'écu de France au-dessus des armoiries de Catherine de Médicis.

L'hôtel de la Caisse d'Épargne, sur la petite place qui précède la principale entrée de l'église Saint-Aspais, s'élève sur l'emplacement d'une maison dite du *Chapeau Rouge*, qui appartint au xve siècle aux moines de Barbeau, puis à un notable magistrat melunois, Denis de Chaunoy, lieutenant général au bailliage, enfin, au commencement du siècle passé, à Jean-Baptiste-Louis Chamblain, maire de Melun en 1790. Trois générations de Chamblain y vécurent.

La rue de Boissettes, qui commençait vers le parvis de l'église Saint-Aspais et se terminait jadis à la jonction des rues Vaugrain et de la Vannerie et se termine aujourd'hui à la rue Jacques Amyot, fut ouverte sans doute au xᵉ siècle. Les maisons s'appuyaient, au couchant, sur les remparts. Le nom de rue du Marché-au-Beurre lui fut donné en 1790 à cause d'une affectation commerciale que ce nom indique suffisamment ; puis en 1793 celui de rue Française qu'elle perdit quelques années après pour reprendre son nom primitif. Les enseignes abondaient dans cette voie et le promeneur lisait celles du *Chapeau Vert*, des *Chapelets*, du *Grand Cornu* (avec l'effigie d'un homme au front surmonté d'une ramure de cerf), puis *Le Logis des Guérins*, *les Trois Mores*, *Le Pélican*, *Les Porcelets*, *La Queue de Renard*, *Saint-Crépin*, *Le Sauvage*, *La Syrène*, *Le gros Grelot*. C'est dans cette rue qu'au mois de mars 1790, en la maison qui porte aujourd'hui le numéro 6, André-Sébastien Tarbé, avocat en Parlement, issu d'une famille sénonaise d'imprimeurs, installa une imprimerie d'où sortirent de nombreuses impressions officielles pendant la période révolutionnaire, et notamment la *Feuille* ou *Journal hebdomadaire de Seine-et-Marne* et des Almanachs.

Le conseil général du département se réunissait dans cette rue en 1815.

Le surintendant Foucquet posséda *la Vicomté* dont on ne distingue plus dans l'île, en amont du Pont aux Fruits, sur le bord du petit bras de la Seine, que de grands toits surélevés, d'élégantes lucarnes de la Renaissance, une construction en grès et en briques rappelant l'époque du bon roi Henri IV ; ensemble de bonne tournure et de dispositions pittoresques.

La rue de la Juiverie avait au numéro 18 l'*Hôtel des Guérin*, construit vers 1760 par Louis-Etienne Guérin de Vaux, conseiller du roi et son premier avocat au bailliage, siège présidial et châtelet de Melun, et aussi seul receveur des tailles de l'Election. L'habitation antérieure, moins importante, avait abrité une longue suite de bourgeois et de magistrats. Elle était contiguë à la maison patrimoniale de la famille Roulliard dont l'un des membres, Sébastien, avocat de renom, publiait en 1628 une histoire de Melun, la première en date. Une école communale de jeunes filles a remplacé, à la suite d'une transformation complète, la demeure de la vieille famille melunaise.

Tout près, à l'angle de la rue du Miroir et de la rue Carnot (anciennement du Marché-au-Blé), s'élève l'hôtel des Postes et Télégraphes, bâti en 1879-1880 sur l'emplacement de l'hôtel de la *Crosse*, où jadis l'abbé de Saint-Père, par l'intermédiaire de prévôts procureurs et sergents par lui institués, rendait la justice aux habitants de Saint-Barthélemy, de Montaigu et du Mée et à une partie de ceux des quartiers de Saint-Aspais et de Saint-Liesne ; avant que l'hôtel devînt un restaurant, aux dernières années du XVIIIᵉ siècle. Le fait que l'abbé de Saint-Père avait le droit de porter la crosse explique l'origine du nom de cet hôtel.

La rue Carnot, jadis place du Martroy, sans doute

parce qu'on y suppliciait, dite plus tard du Marché au Blé, possédait un certain nombre d'hôtelleries à diverses enseignes : l'*Aventure*, le *Bourdon*, la *Cloche*, la *Conception de Notre-Dame*, etc., dont la plus célèbre fut sans doute la *Galère*. Devant ce logis, des bateleurs, un jour, représentèrent le dolent mystère de « *Monsieur Saint-Barthélemy*, écorché vif par de méchants sauvages qu'il voulait convertir ».

La maison du *Cygne* était contiguë à la geôle ou l'on incarcérait les criminels et à la *Galère*, et voisine de la porte de la geôle, une étroite entrée de la ville.

La *Galère* fut possédée, chose curieuse, par Charles Armand, peintre ordinaire du roi en son Académie royale de peinture et sculpture, au xviie siècle.

Plus tard, sous la Révolution, l'hôtellerie devient le rendez-vous des patriotes.

Rue Neuve, n° 12, on voit encore la façade, car il n'en reste que ceci, de l'*Hôtel des Leconte*. Ici encore, une école supérieure de jeunes filles occupe l'emplacement de l'édifice des bourgeois melunois, bâti sous Louis XIII, en grès et en briques suivant le goût de l'époque. Hautes cheminées, lucarnes à frontons, fenêtres exhaussées, portail, panneaux de briques disposés dans la façade, balcons de fer : tout ceci forme un ensemble de bonne et bourgeoise apparence. L'usage actuel a nécessité la transformation complète de l'intérieur. Les Leconte occupaient des charges importantes dans la magistrature. Cette famille, fixée à Melun dans la première moitié du

XVIᵉ siècle, venait peut-être de la Picardie, où habitait un Antoine Leconte, jurisconsulte.

D'ailleurs, dans la famille melunoise, on remarque un Antoine Leconte, conseiller du roi, lieutenant en l'élection en 1618, qui fit édifier l'hôtel patrimonial.

CHAPITRE XVI

Illustrations et notabilités.

On a pu lire, au cours de l'histoire qui précède, les noms de Melunois qui ont fait honneur à leur ville natale. Il convient toutefois d'accorder à quelques-uns mieux qu'une mention, au cours d'un récit, et de leur consacrer une note biographique.

Parmi les plus anciens, le premier qui se présente à l'esprit est maître *Etienne Chevalier*, né à Melun, mort le 3 septembre 1474, conseiller et maître des comptes du roi Charles VII et son trésorier général des finances. Il réorganisa le trésor public après la guerre de Cent Ans ; et, à ce titre, il doit sa notoriété. Il fit de nombreuses et importantes libéralités aux églises melunoises de Notre-Dame et Saint-Aspais, surtout à la collégiale où il fut inhumé avec Catherine Budé, sa femme. La plus remarquable donation faite à cette dernière église fut celle d'un dyptique peint par le célèbre enlumineur Jehan Foucquet, dont une grande partie est conservée hors de France au musée de Francfort-sur-le-Mein. Etienne Chevalier, riche propriétaire foncier, possédait en Brie plusieurs seigneuries importantes notamment celle d'Eprunes, aujourd'hui commune de Réau. Melun, en souvenir du trésorier de Charles VII, a donné son nom à une place voisine de la Collégiale Notre-Dame dans l'île Saint-Etienne.

La notable famille melunaise des *Poncet* a donné des hommes éminents :

Simon Poncet, premier du nom, docteur en médecine à Melun, auteur d'une remarquable épître latine adressée en mai 1560 au président de Thou et aux Conseillers Faye et Viole, sur la rédaction de la Coutume ;

Son fils, *Simon*, deuxième du nom, né le 11 septembre 1557 sur la paroisse Saint-Aspais, trésorier et secrétaire du chevalier d'Aumale, lieutenant général du Royaume au temps de la Ligue ; poète qui laissa deux poèmes sur les troubles de la France, *Regrets sur la France* et *Le Colloque chrétien*, publiés en 1589 ; mort à Paris le 9 septembre 1590, après avoir échappé à la pendaison pour pilleries faites au nom du chevalier d'Aumale ;

Maurice Poncet, frère de Simon Poncet, premier du nom, docteur en théologie de l'Université de Paris, religieux profès en l'abbaye melunaise de Saint-Père, curé de Saint-Aspais, puis de Saint-Pierre-des-Arcis à Paris, prêcheur hardi et doué de talent oratoire, très savant homme, auteur de plusieurs ouvrages, n'épargnant dans ses sermons ni Henri III ni ses favoris ; mort le 23 novembre 1586.

Une autre notable famille melunaise, celle des *Roulliard*, famille de robe, donna à la ville son premier historien, *Sébastien Roulliard*, qui publia en 1628

STATUE DE JACQUES AMYOT

son *Histoire de Melun*, contenant plusieurs raretez notables et non descouvertes en l'histoire générale de France. Plus la vie de Bourchard, conte de
Melun, soubs le regne de Hues Capet... Ensemble la
vie de Messire Jacques Amyot... ». Roulliard, avocat notaire, prononça et publia de nombreux plai-
doyers dont quelques-uns, à la requête et pour la
défense de bourgeois melunais, sont intéressants
pour l'histoire même de la ville. La petite rue qui
longe au nord l'église Saint-Aspais porte depuis
1862 le nom de cet enfant de Melun.

La Bibliothèque de Melun possède un manuscrit
de Roulliard, de plus de 5oo pages, intitulé la *Polym-*
nie chrestienne. Il mourut à Paris en 1639.

Jacques Amyot, la plus grande illustration melunaise, né le 30 octobre 1514 dans une maison, disparue, de la rue Saint-Aspais ; fils d'un humble artisan.
Il s'instruisit à Paris et à Bourges et trouva dans cette
dernière ville un utile protecteur, grâce auquel
il y tint pendant dix années une chaire de grec. Il
commença alors les célèbres traductions de *Théagène*
et Chariclée, *d'Héliodore* et des *Hommes illustres*
de Plutarque, qui sont l'un des plus purs monuments de la langue française au xvi⁰ siècle. La
faveur des rois François I⁰ʳ, Henri II, Charles IX,
Henri III, lui donna des situations importantes. Il
fut en dernier lieu évêque d'Auxerre et mourut en
cette ville le 6 février 1593.

Son indulgence pour les protestants de son diocèse passa pour de la faiblesse ; on l'accusa même d'hérésie.

Il conseilla en 1575 à Henri III de former une bibliothèque d'ouvrages grecs et latins.

Outre les traductions déjà citées, il laissa aussi celles de *Daphnis et Chloé*, la célèbre pastorale de Longus, des *Œuvres morales* de Plutarque et des sept livres d'histoire de Diodore de Sicile.

Il eut grand peine à échapper aux attentats dirigés contre lui par les Ligueurs, sous l'accusation d'avoir conseillé l'assassinat du duc de Guise assassiné à Blois en 1588 pendant un séjour de lui avec la cour en cette ville.

La construction et la dotation d'un collège à Auxerre sont l'une de ses œuvres les plus utiles.

Le souvenir de Jacques Amyot, dans sa ville natale, est conservé par la statue de la cour de l'Hôtel de ville, une inscription au sommet de la façade d'un étroit logis de la rue Saint-Aspais :

Ici est né

J. Amyot

le 30 octobre 1514

par un médaillon en plâtre, au musée de la ville, œuvre du sculpteur Adam-Salomon, de La Ferté-sous-Jouarre (Seine-et-Marne), quelques autres pièces du même musée, et enfin par le nom même du collège municipal, que l'on ne pouvait certes mieux nommer.

Aux xviie et xviiie siècles, la paroisse Saint-Am-

broise eut pour curés trois hommes de mérite qui
ont laissé des ouvrages estimés alors : *J.-B. Le Vray*,
docteur en théologie, mort en 1707 ; *J.-B. Peron-
net*, mort en 1780 ; et *Charles-Marie Deveil*, de
Metz, professeur de philosophie à Angers, juif converti par Bossuet, ensuite relaps.

Louis Le Vallois, né à Melun le 11 novembre
1639, professeur de philosophie, ecclésiastique fort
distingué, fut directeur de conscience des petits-fils
de Louis XIV et de nombreux personnages de la
Cour. Il mourut à Paris le 12 septembre 1700, laissant trois volume d'œuvres religieuses éditées seulement en 1758.

Son père Louis Le Vallois était professeur de
langue latine en la paroisse Saint-Aspais : l'enseignement secondaire de la jeunesse melunaise à cette
époque.

Je ne veux pas omettre ici, bien qu'il ne soit pas
né à Melun, mais parce qu'il fréquenta beaucoup la
bourgeoisie de Melun et la noblesse des environs,
un très brillant esprit du xviiie siècle, Claude-Henri
de Fusée, *abbé de Voisenon*, enjoué, faiseur de petits
vers, ami du plaisir, flatteur des puissants, plus homme du monde qu'homme d'Eglise, né en 1708 au
château de Voisenon près de Melun, il reçut les
ordres pour complaire à sa famille et grâce à des
protecteurs il devint grand vicaire de Boulogne,
puis abbé du Jard. S'il refusa un évêché qui lui
était offert, ce fut sans doute dans la crainte d'être
éloigné des sociétés aimables où son esprit et sa per-

sonne étaient prisés. Bien reçu par Voltaire, ami intime de Favart, collaborateur de Collé, lié avec les grands, Choiseul et d'Aiguillon, Terray et Maupeou, accueilli par les favorites royales, Pompadour et Du Barry, il trouva toujours des mains prêtes à applaudir ses couplets, des bouches disposées à chanter ses louanges ; aussi ses comédies : *Les Mariages assortis* (1744), *Coquette fixée* (1746), furent-elles bien accueillies. En 1762, l'Académie Française l'accueillit comme successeur de Crébillon. Il mourut à Paris en 1775.

Un potier d'étain de la paroisse Saint-Aspais faisait baptiser, le 29 janvier 1713, un enfant qui collabora à la fameuse *Encyclopédie* dont la publication ne fut pas sans influence sur l'avènement de la Révolution : *Edme-François Mallet*, docteur en théologie, auteur de nombreux ouvrages littéraires et historiques, qui préféra aux honneurs la modeste cure du petit village de Pecqueux, près Mormant. Il mourut en 1755 et d'Alembert inséra son éloge au commencement du sixième volume de l'*Encyclopédie*.

Un parent éloigné de Mallet, *Eugène-Charles-François Tisserand*, né dans la même maison, fut aussi ecclésiastique et se livra avec succès aux études historiques. Il fit une *Étude sur Godeau, Évêque de Vence*, une *Histoire du Lycée de Nice*, publia des notes sur les artistes du château de Fontainebleau d'après les registres paroissiens d'Avon, etc. Il mourut le 1er août 1879, chanoine honoraire de Nice et aumônier du lycée de cette ville, laissant en préparation le *Dictionnaire topographique des Alpes-Maritimes.*

Dans l'ordre des artistes de tous genres, il convient de signaler les personnalités suivantes :

Frère Jean Bigot, miniaturiste et calligraphe, moine en l'abbaye de Saint-Père, auteur en 1489 d'un très beau missel manuscrit enrichi d'arabesques, fleurons et lettrines et d'une vingtaine de miniatures exécutées avec une finesse et une élégance remarquables (Bibliothèque Nationale). Cet ouvrage avait été commandé par Pierre Malhoste, bourgeois de Melun, et donné à l'église Saint-Aspais. On y trouve une vue de l'abside de cet édifice.

Jules-Ernest Devaux, qui exposa en 1864 à Melun à l'exposition des Beaux-Arts et reçut une médaille de bronze ;

Gaston Lafenestre, élève de Charles Jacque et de Ferdinand Chaigneau, auteur de diverses vues de Barbizon et de la forêt de Fontainebleau, qui méritèrent à l'artiste une médaille semblable.

Eugène Godin, sculpteur, auteur de la statue de Jacques Amyot, érigée dans la cour de l'Hôtel-de-Ville, et d'un buste de dom Simon, moine héroïque défenseur de Melun contre les Anglais en 1420 (musée de la ville). Cet artiste naquit à Melun vers 1820 et mourut en 1888 ; il fut élève du statuaire Toussaint et assez assidu aux salons annuels.

On connaît encore de lui : le fronton du palais de justice de Carcassonne, exécuté en 1861 ; l'*Hamlet* qui orne la façade du théâtre de la Gaîté, à Paris,

œuvre faite en 1863 ; un groupe de *la Charité*, exposé
en 1868 ; *le général Raoult à Reischoffen* pour la
ville de Meaux (1873), un *Cupidon* exposé en 1878 ;
la statue du *général Damesme* sur l'une des places
de Fontainebleau, près de l'église Saint-Louis.

Un demi-Melunois, c'est le sculpteur *Chapu* (Henri-
Michel-Antoine), né au Mée, près de Melun, le
29 septembre 1833. Elève de Pradier et de Duret, il
obtint à vingt-deux ans le grand prix de Rome et
partit pour la villa Médicis. Ses études se prolongè-
rent au delà du temps passé en Italie. Il apparut
pour la première fois en 1863 au Salon annuel, débu-
tant par une œuvre : *Mercure inventant le Caducée*.
Dès lors, sa production artistique et ses succès se
suivirent sans interruption. Gracieux et puissant,
épris de la beauté des formes, de la suavité des
expressions, Chapu excellait à animer le marbre et
à donner aux physionomies l'éclair d'une pensée
forte.

Maître de premier ordre, il arrivait à la grandeur
par la simplicité. Bien que mort jeune, il a laissé un
œuvre considérable tenant une des premières places
dans l'art sculptural au siècle passé : les tombeaux
de Mgr Dupanloup, à Orléans ; de la duchesse
d'Orléans, à Dreux ; de M. Schneider, au Creusot ;
les monuments des frères Galignani, à Corbeil, de
l'avocat Berryer et du peintre Henri Regnault, à
Paris ; le médaillon de Jeanne d'Arc, au chevet de
Saint-Aspais à Melun ; la touchante statue de la
Pucelle agenouillée ; et un très grand nombre de

figures, groupes, bustes, médaillons répandus dans les châteaux, les musées, les églises et les collections particulières.

Chevalier de la Légion d'honneur en 1867, officier en 1872, membre de l'Institut en 1880, Chapu est mort d'une congestion pulmonaire au mois d'avril 1891.

Il affectionnait son village natal, Le Mée, et il y avait constitué un musée. Dans l'église, du xviiie siècle, une Vierge, due à son ciseau, œuvre d'un très pur sentiment chrétien, voisine avec une toile intéressante, *Adoration des Bergers*, *Apparition de la Vierge*, d'après l'original de Murillo, conservé au Louvre. Cette église rurale posséda longtemps dans le chœur le *Christ au Tombeau*, de Chapu, bas-relief qui avait figuré naguère dans le vestibule de l'Hôtel de ville de Melun, et avait été, à sa demande, transporté dans son village natal.

Le musée de Melun possède beaucoup d'œuvres du Maître, sculptures et dessins.

Le peintre *A. Cotelle*, enfant de Melun, mort il y a une vingtaine d'années, n'est pas un oublié à Melun. Le musée possède quelques-unes de ses bonnes œuvres, notamment des vues de l'Algérie, où il séjourna assez longtemps, et une intéressante vue panoramique de Melun, prise en 1868, des hauteurs de Saint-Liesne, et dessinée avec une précision telle que lorsque la physionomie générale de la ville aura changé, l'œuvre de l'artiste aura une valeur documentaire et historique.

La tour de Saint-Aspais avait alors son dôme peu élégant, que la flèche actuelle, édifiée deux ans plus tard, remplace avantageusement au point de vue du coup d'œil.

Henri Simon, né à Melun le 7 avril 1764, mort à Dijon en 1827, fut engagé volontaire au moment de la Révolution, fit la plupart des campagnes de la République et de l'Empire et, dans les courses à travers l'Europe, fut plusieurs fois blessé. Le général Simon, fils d'un receveur du minage résidant en la paroisse Saint-Aspais, devint lieutenant général, pair de France, et grand officier de la Légion d'honneur. Aucune voie de la ville ne rappelle ce vaillant soldat de l'épopée merveilleuse.

Charles-Claude Jacquinot, baron de l'Empire, pair de France, Grand'Croix de la Légion d'honneur, commandeur de l'ordre royal et militaire de Saint-Louis et de plusieurs ordres étrangers, est encore une illustration melunoise ; il naquit dans la paroisse Saint-Aspais le 3 avril 1772.

Sorti de l'Ecole militaire de Pont-à-Mousson en 1791, il servit sous Dumouriez, Hoche et Kellermann, reçut le baptême du feu avec les volontaires de la Meurthe, au combat de la Croix au Bois ; se conduisit héroïquement à Hohenlinden, et se montra dans la suite le type accompli du général de cavalerie légère.

Colonel à Iéna, à Friedland, général de brigade à Wagram, partout il se distingua par d'habiles et décisives manœuvres et des actions d'éclat.

Après la conquête de la Haute-Silésie, Napoléon le nomma gouverneur de Glogau, place forte sur l'O-der.

Puis, il prit part à la campagne de Russie et revint dans l'*escadron sacré.*

La campagne de France le vit combattre encore à la tête de sa division, à Bar-sur-Aube, à Saint-Dizier et dans les plaines de sa Brie. Il était encore à Waterloo où il vit la chute de l'Aigle.

Retraité en 1836, après quarante-six années de services effectifs, ce soldat, qui n'avait jamais su et voulu être qu'un soldat, sans parti politique, mais seulement Français, se retira à Metz où il mourut en 1848, entouré de la considération respectueuse de tous.

François-Michel de Rozière, né à Melun le 29 septembre 1775, contemporain du général Jacquinot et du général Simon, fut élève de l'Ecole polytechnique, inspecteur divisionnaire des Mines, membre de l'Institut d'Egypte, chevalier de la Légion d'honneur. Il prit part à l'expédition d'Egypte avec Monge, Bertholet, Fourier, Geoffroy-Saint-Hilaire, Lelorgne de Savigny, de Provins, etc., et concourut à la rédaction du grand ouvrage qui demeure le fruit précieux de cette expédition. Il a aussi laissé divers opuscules sur la minéralogie et la géologie.

Son père Antoine de Rozière, notaire à Melun, fut administrateur municipal de cette ville pendant la Révolution et juge au tribunal de 1re instance sous l'Empire.

Louis Beaunier, né à Melun, en 1779, élève à l'Ecole royale des Mines en 1796, est un peu oublié dans sa ville natale. Ce savant ingénieur, attaché jusqu'en 1813 à l'exploitation du bassin houiller de la Loire, fut ensuite nommé directeur de l'Ecole pratique de Geislautern et de l'usine de fer que l'Etat y avait établi. Il introduisit plus tard aux aciéries de Rive-de-Gier des perfectionnements dont les bons résultats lui valurent la croix de chevalier de la Légion d'honneur.

Il fut directeur de l'Ecole des mines de Saint-Etienne et construisit une voie ferrée de Saint-Etienne à Andrézieux (1827), plus tard continuée jusqu'à Lyon.

L'un de ses collaborateurs était *Durozier*, Melunois lui aussi, attaché à l'Ecole des mineurs.

Le gouvernement de Juillet fit entrer Beaunier au Conseil d'Etat et le nomma en 1832 inspecteur général de 1re classe. Le savant et laborieux ingénieur se retira à Paris et y mourut en 1835, alors officier de la Légion d'honneur.

Tous les vieux Melunois se rappellent certainement un type curieux, fruste, hirsute, dont la vie fut exposée une trentaine de fois pour arracher à la mort quelqu'un de ses semblables : *Prosper Laroche*, dit *Dort-Debout*, marinier courageux, mort en 1861, chevalier de la Légion d'honneur, décoré de plusieurs médailles de sauvetage. Il mourut pauvre, à l'hôpital, perclus de douleurs supportées bravement comme il avait vécu. On l'enterra au cimetière sud, dans une concession perpétuelle accordée par la municipalité, non loin des rives de la Seine qu'il n'avait quittées depuis son arrivée à Melun vers 1838. Son nom mérite de n'être pas oublié.

Un descendant d'une famille fixée à Melun depuis plusieurs siècles, *M. Léon-Etienne Guérin de Vaux*, né à Melun en 1808, fils de Louis-Etienne Guérin de Vaux, magistrat, mourut à Chablis (Yonne) au mois de juillet 1896.

Il était conseiller honoraire à la Cour de cassation, ancien membre du conseil général de l'Yonne, et avait quitté en 1878 la fonction de magistrat, dans laquelle ses ancêtres s'étaient distingués au bailliage et siège présidial de Melun. L'hôtel des Guérin dans la rue de la Juiverie était l'une des demeures historiques de cette ville.

La descendance des Guérin est continuée par M. Roland Guérin de Vaux, ancien magistrat à Sainte-Menehould, démissionnaire à la suite des événements politiques, la fameuse exécution des décrets, voici un quart de siècle.

Jean-Baptiste-Théophile Lhuillier, né à Crécy en Brie le 5 janvier 1833, mort le 16 mars 1904 à Melun où il habitait depuis 1860, était fils d'un ancien officier supérieur qui avait fait les guerres de l'Empire.

Au contact des grimoires vieux et jeunes dans des études d'huissier et de notaire, il prit le goût des documents et des recherches. La conscription le prit ; sans fortune, il ne put se racheter et fut incorporé dans les dragons à Moulins. Là, il fréquenta la

bibliothèque de la ville et y commença la préparation de son *Essai bibliographique sur le département de Seine-et-Marne*, paru en 1857.

Il entra en 1860 dans les bureaux de la préfecture
de Seine-et-Marne, et rapidement devint chef de
bureau, puis chef de la division des travaux publics,
joignant à cet emploi les fonctions de secrétaire du
conseil général. Tous ses loisirs étaient consacrés
aux recherches historiques et biographiques. Ses
publications sur les hommes et l'histoire de la Brie
sont nombreuses et appréciées, surtout par la richesse
et la minutie de la documentation ; il utilisait une
très riche collection de documents et de portraits
patiemment constituée en l'espace de plus de quarante années. C'était un homme, bienveillant et
dévoué, un honnête érudit et pour Melun, un excellent citoyen.

Il fut en 1864 l'un des fondateurs de la Société
d'archéologie de Seine-et-Marne et toujours l'un de
ses membres les plus laborieux ; correspondant du
Ministère de l'Instruction publique, des Sociétés
savantes et du Comité des Sociétés des Beaux-Arts.
L'un de ses plus importants ouvrages est ses *Recherches historiques sur l'enseignement primaire dans
la Brie* (1884).

L'une des personnalités les plus marquantes de
Seine-et-Marne, comme aussi l'un des enfants de
Melun dont le nom doit être le plus respecté et le
souvenir le mieux conservé, est *Gabriel Leroy*, né à

Melun le 25 juillet 1834, mort en cette ville le 16 février 1908.

Il appartenait par son père, Louis-Gabriel Leroy, à une honorable et vieille famille de Vaux-le-Pénil et par sa mère Anne-Appoline Bertot, elle-même née à Melun, à une vieille famille melunoise.

Au contact des vieux grimoires dans des études de notaires melunois, un historien naquit. La vacance, plus tard, des fonctions de bibliothécaire-archiviste de la ville par suite du décès de Trémisot permit à la municipalité de les confier à G. Leroy : choix des plus heureux qui donna à la ville de Melun son meilleur historien. L'histoire locale fut dès lors sa préoccupation intellectuelle la plus vive.

Ses travaux historiques et littéraires ne l'empê-chèrent pas de rendre à ses concitoyens les plus dévoués et éminents services au conseil municipal et au conseil d'administration de l'hospice. Il était sur tous sujets un rapporteur clair et fort écouté.

Son œuvre littéraire et historique est considéra-ble : outre son *Histoire de Melun*, beau monument d'érudition, il répandit dans tous les journaux et autres périodiques du département et d'ailleurs plu-sieurs centaines d'études et articles dont un grand nombre forment, en tirage à part, de petits volumes.

Le *Vieux Melun*, publié en 1907, réunion de notices éparses et de travaux inédits, complète l'*Histoire*. *La Caserne Augereau*, son dernier ouvrage, termina brillamment la série consacrée à sa ville natale. Et dans les derniers mois de son existence, il voyait paraître en une année de l'*Indicateur général de Seine-et-Marne*, le plus vieux des journaux melunois, une intéressante série d'éphémérides, *Melun dans le Passé*.

La fondation en mai 1864 de la Société d'Archéologie de Seine-et-Marne offrit un champ fécond à son talent et à son activité ; il en fut l'âme jusqu'à sa mort.

Le nom de G. Leroy a été donné par le Conseil municipal, sur la proposition de M. Leclerc, le 24 mars dernier, à une rue nouvelle qui relie la place Henri-Chapu à la rue Dajot, dans un quartier qui s'édifie depuis deux ans sur l'emplacement naguère occupé par la caserne Augereau.

Bientôt sans doute aussi le buste de ce fils pieux de Melun s'élèvera dans l'un des jardins publics et rappellera continuellement à tous le souvenir du citoyen courageux, du probe érudit, de l'homme parfaitement aimable que tous les Melunois ont connu.

CHAPITRE XVII

Coutumes d'antan

Où sont les vieux usages melunois, les vieux usages briards, les curieuses coutumes d'antan ?

Notre siècle, outrageusement prosaïque les rejette volontiers, et quelques vieillards à peine peuvent conter les scènes franches et naïves auxquelles donnaient lieu les épisodes de la vie courante.

Les noces de village sont-elles encore accompagnées de cette *chanson de la mariée*, recueillie jadis par un bon melunois, Gabriel Leroy ?

LA MARIÉE

Ouvrez tout grand la porte,
Votre fille vous revient,
C'est la joi' qu'elle apporte,
Ah ! festoyez la bien !

LA MÈRE

Qu'êtes-vous la belle,
Avec vos beaux atours ?

LA MARIÉE

Je suis votre demoiselle,
Mariée pour toujours !

LA MÈRE

La mariée, ma chère,
Nenni ne vous connais,
De notre chaumière,
Partez tôt, s'il vous plaît !

LA MARIÉE

Ne soyez point cruelle ;
Je suis de la maison,
La gente jouvencelle,
Avec un beau garçon !
Epoux de votre fille
Il sera vot' soutien,
Celui de la famille,
Votre amour et le mien !
De tout temps à l'ouvrage,
Courbé sur le sillon,
Vous verrez son courage
Quand viendra la moisson !

LA MÈRE

Mon garçon et ma fille,
Entrez sans plus tarder.
Augmentez la famille,
Prenez place au foyer !

Là-dessus la porte s'ouvre et embrassades, franches lippées, etc...

Provins avait et a même encore les *niflettes*, composé savoureux de feuilleté et de crème que chaque fête de la Toussaint voit renaître et mourir ; Melun avait et a même encore certains *pâtés* qui, le lundi de Pâques, sont débités à un sou la pièce.

> V'là les p'tits
> V'là les gros
> V'là les p'tits pâtés tous chauds

L'origine de cette coutume ? Religieuse, sans doute, rappelant la distribution dans les églises des pâtisseries le jour de l'âque, au moyen âge. On se rappelle que pendant la Révolution, la société populaire de Melun interdit aux pâtissiers la fabrication de petits pâtés, parce que c'était une délicate friandise, peu démocratique.

Les vieux Melunois n'ont pas perdu le souvenir d'une vieille coutume, disparue, ou à peu près aujourd'hui, la *louée*, le jour de la Saint-Jean. Un anonyme Melunois en a conté l'histoire agréablement. Je lui laisse un instant la plume :

« Un temps fut à Melun, comme en beaucoup d'autres localités, où le solstice d'été était l'occasion d'une fête mémorable, solennisée par la population du lieu et des environs loin à la ronde. L'origine en était fort ancienne ; avec d'autres rites et coutumes, les Gaulois l'avaient célébrée, consacrée par des feux allumés pendant la nuit sur les hauteurs et auxquels ils prêtaient un sens mystique. Le christianisme, qui a transformé en les conservant beaucoup d'usages du paganisme, ne répudia pas les feux nocturnes du solstice d'été ; il s'y associa, et, dans beau-

coup de localités, ses prêtres les bénissaient. Tout
souvenir de cette cérémonie n'est pas perdu ; on la
retrouve dans différents lieux, dans notre département même, dans quelques villages ou hameaux du
canton de Crécy-en-Brie.

La fête solsticiale devint la Saint-Jean, à la fois
réunion religieuse, commerciale, d'affaires et de plaisirs. Elle ne subsiste plus qu'à ce dernier titre. Rien
n'étant immuable ici-bas, si ce n'est les grands phé-
nomènes naturels, elle s'est modifiée avec le cours
des ans, comme les sociétés qui l'avaient créée, et
conserve à peine quelques vestiges de ce qu'elle fût
jadis.

La Saint-Jean mettait Melun en liesse. La foule y
accourait et s'assemblait dans les prairies de l'Almont, qui s'étendaient des deux côtés de la rivière,
depuis son embouchure dans la Seine, jusqu'aux
abords du moulin de Poignet. La place actuelle du
marché n'existait pas, c'était un pré vague, en con-
tre-bas, souvent inondé, traversé par le chemin
allant au faubourg Saint-Liesne, dont les maisons
et l'église s'étageaient sur le flanc du coteau. Dans
un coin de ce pré, au milieu de peupliers, de saules
et d'oseraies, s'élevait une modeste chapelle sous le
vocable de Saint-Jean, dépendant du domaine que
les chevaliers de Saint-Jean en l'île de la Commanderie de Corbeil possédaient à Melun, comme substitués aux droits de l'ordre des Templiers supprimé
par le roi Philippe le Bel.

Dans la matinée, les Melunois et la foule étrangère convergeaient autour de la chapelle des Hospitaliers. Des pèlerins de profession, gens nomades et suspects, n'étaient pas les moins empressés. Les messes et autres cérémonies se succédaient dans l'édifice comble et trop exiguë. On s'étouffait à la porte et il y avait des flux et reflux de foules, favorables aux larcins de malandrins qui causaient et excitaient le désordre. Les innombrables cierges allumés devant les autels semblaient une réminiscence des feux de la nuit mémorable, où le soleil, qui disparaît à peine, erre aux portes de l'aurore.

Venait ensuite la louée des domestiques de ferme et autres travailleurs agricoles, braves gens, ignorants des grèves, étrangers aux incitations malveillantes, laborieux, venant s'engager pour la période de travail devant s'écouler jusqu'à la prochaine Saint-Martin. De bons laboureurs briards, en quête eux-mêmes de bons serviteurs, faisaient marché avec ceux qui leur agréaient. Il y avait d'habiles charretiers, se distinguant des bergers et manouvriers par leur blouse bleue, raide, toute flambante neuve et par leur fouet enrubanné. Les bergers avaient pour compagnons leurs chiens qui se louaient avec leurs maîtres, et qui, anxieux, l'œil au guet, étaient aussi préoccupés que ceux-ci de trouver un bon emploi. Puis, les pâtres, les femmes de ferme, robustes et accortes, avec le bonnet orné d'un ruban comme le fouet des charretiers. Tout ce monde, qui représentait le travail des champs, mamelle alimentaire de l'humanité, remplissait la prairie avoisinant l'Almont entre la rivière et les fortifications de la ville, au delà des rues des Oignons et de la Juiverie. Les marchés, les arrangements se concluaient, on topait les mains, ce qui était le gage le plus sacré de l'affaire arrêtée et convenue. C'était comme si le notaire y avait mis son scel.

La louée terminée, Melun était alors envahi, pris d'assaut pour ainsi dire, par la foule compacte se répandant dans ses rues, à la recherche des tavernes et des auberges pour s'y restaurer et se livrer à de copieuses beuveries qui auraient rempli d'aise les héros du livre de Rabelais. C'étaient de vraies noces pantagruéliques, en un temps où, d'après les livres de comptes des abbayes melunoises, le quartier de mouton valait 1 sol et la pinte de vin 2 deniers. Les dévots du matin qu'on avait vus prosternés au pied des autels de Saint-Jean-Baptiste, étaient, avec les pèlerins coquillards arrivant en droite ligne de Saint-Jacques-de-Compostelle, les plus acharnés clients à vider la cave des taverniers.

On n'attendait pas que la nuit fut venue pour commencer les danses. Des joueurs d'instruments comme on n'en voit plus, se trouvaient aux carrefours ou dans la prairie hors la ville pour préluder à de gais refrains afin d'entraîner les couples dans des rondes en honneur au vieux temps, et auxquelles ils se livraient avec l'ardeur de la jeunesse. Partout on buvait, on chantait, on dansait, et il en était ainsi aussi longtemps qu'un denier se trouvait encore dans la poche des buveurs, qu'un souffle de voix pouvait sortir de la gorge des chanteurs, que les muscles pouvaient soutenir les danseurs. Le manque de combattants mettait seulement fin au combat.

De telles réjouissances, que des raffinés d'époques plus modernes trouveront déplacées et grossières, mettaient une lueur de joie dans la vie des populations du moyen âge, attachées à un dur labeur, sans espérance d'adoucir leur condition sociale, et sans autre trêve que celle des fêtes solennisées par l'Eglise. Il ne faut pas juger des mœurs d'une époque par la comparaison de celle dans laquelle on vit. Ce qui est admis au delà ne l'est plus en deçà.

La fête Saint-Jean que Melun s'apprête à célébrer par continuation de ses traditions, est toute autre de ses devancières dont on vient d'entrevoir la physionomie. Elle n'a pas la même originalité, conserve à peine quelques-unes des coutumes qu'on y observait, si ce n'est qu'on y danse encore, et que, comme de vrais fils de Gaulois que Rabelais ne désavouerait pas, « les contemporains aiment à chanter, rire et boire ! » (1)

Le plus fameux dicton melunois est évidemment celui-ci : *Il fait comme l'anguille de Melun il crie avant qu'on ne l'écorche !* Il se dit, comme on sait, de toute personne qui se plaint avant d'en avoir réellement sujet.

On a beaucoup discuté sur son origine. Il me sem-

---

1. *Indicateur général de Seine-et-Marne*, 24 juin 1907.

ble que l'explication la plus réelle ou même réaliste
a été donnée par Gabriel Leroy. La voici, attrayante
à lire :

« Le 25 août 1480, il y avait grand mouvement
dans la bonne ville de Melun. La population, vêtue
de ses plus beaux atours — les damoiselles coiffées
de hennins mis à la mode par la feue reine Isabeau
— circulait joyeuse et affairée dans les rues, pendant qu'aux portes de l'enceinte fortifiée les habitants des villages voisins se pressaient dans une confusion occasionnée par la largeur insuffisante des
ponts-levis, où s'entassaient les gens de pied, les
charrettes et les bêtes de somme.

« Des archers essayaient d'établir un peu d'ordre
dans la cohue, en laquelle s'échangeaient des cris et
des injures, avec de gros jurons et des horions qui
n'arrivaient pas toujours à leur adresse, ce qui augmentait le tumulte. Les escarcelles dérobées et les
poches coupées indiquaient l'intérêt des larrons et
des francs mitoux à augmenter le désordre, moindre
incident de la fête attirant tout ce monde.

« Il faut qu'on sache que Melun, comme les meilleu-
res villes du royaume, fêtait en ce jour « le très doulx
« et très redoubté roy de France, Loys, onziesme du
« nom ». Le vieux monarque, relégué dans ses tourelles du Plessis, en la province de Touraine, n'avait
d'autre joie que d'assister aux ébats des paysans,
dont les danses et les plaisirs le déridaient et le
tiraient de sa mélancolie habituelle. Leurs joyeuses
assemblées illuminaient d'un reflet heureux ses jours

craintifs et ennuyés. Or donc, en cette année, ses rares courtisans lui avaient fait adopter l'idée de signaler le retour de sa fête par des réjouissances populaires en chaque localité. Des danses, des feux de joie, des festins, en étaient le programme. Melun décida d'y ajouter, avec la permission du bailli, la représentation d'un Mystère, à l'instar de ceux des Frères de la Passion et des escholiers en l'Université de Paris. C'était fort à la mode, et l'unique divertissement théâtral connu des bonnes gens du XVe siècle.

« L'animation régnant le vingt-cinquième jour en l'an de grâce 1480 n'avait pas d'autre cause.

« La foule affluait sur le Martroy et dans les rues voisines, où il n'était pas facile de pénétrer. Sur un théâtre improvisé à côté du Pilori, s'élevant au milieu de la place, des baladins allaient représenter la dolente mort de M. Sainct-Barthélemy, patron d'un faubourg de la ville, dont la fête coïncidait avec celle du jour. Les curieux s'amoncelaient de tous côtés : aux fenêtres, sur les auvents des maisons, et jusque sur la croix de fer devant le logis de *l'image de Saint-Étienne*, à l'entrée de la Cerclerie. Les hôtelleries de *Saint-Christophe*, de *la Galère*, du *Signe-de-la-Croix*, de *la Fleur-de-Lis*, étaient bondées de gens plus désireux de satisfaire leur curiosité que leur appétit. Il n'était jusqu'aux moines de Saint-Père qui se montraient aux fenêtres de la maison de la *Crosse*, qui était l'auditoire de leur justice abbatiale.

« Tout à coup, un grand bruit de tambours, de cymbales, de trompettes, se fit entendre et domina les mille bruits de la foule, houleuse et à bout de patience. C'était le signal de la représentation. Le silence succéda au tapage, et le populaire, tout yeux, et tout oreilles, se tint prêt à ouïr les acteurs.

« La tapisserie dérobant la scène se souleva, saint Barthélemy parut. C'était un personnage connu des Melunois, un pauvre hère, que l'appât de quelques doubles blancs avait fait consentir à remplir ce rôle. On le nommait Languille, sans doute à cause de son corps maigre et mince, souple et vif à la façon d'une anguille. Mais alors et sous l'influence du Mystère dont les péripéties allaient se dérouler, ce n'était plus qu'un apôtre du christianisme, portant la parole de Dieu chez les hordes sauvages de la Tartarie.

« Il était fort éloquent, à voir l'émotion des spectateurs. Pour les Tartares, figurés par de pauvres diables aux faces bariolées, ils persistaient dans leur erreur et leur endurcissement.

« Une musique annonce l'arrivée du chef des Tartares avec une suite nombreuse. C'est l'occasion pour le missionnaire de redoubler d'ardeur. Peine perdue, triste récompense de ses efforts : sur un signe du chef, il est saisi, lié à un poteau, et, sans autre forme de procès, il va être écorché vif.

« L'émotion gagnait les assistants. De pieuses gens, saisis de pitié et de crainte, tendaient les mains vers le ciel pour implorer son intervention. D'autres, violents et furieux, protestaient contre l'iniquité de la sentence, ne distinguant plus la fiction de la réalité. Des cris, des imprécations s'élèvent de tous les côtés. Les acteurs troublés ont peine à continuer le Mystère.

« Les préparatifs du supplice n'étaient pas rassurants pour saint Barthélemy. Des pinces, des coutelas, apportés sur la scène, commencèrent à lui donner la chair de poule. Ce fut pis quand une espèce d'Hercule et des valets à mines patibulaires brandirent d'énormes tenailles, qu'ils faisaient résonner bruyamment. Les contractions du patient cherchant à briser ses liens, ses soubresauts, sa figure désespérée, annonçaient qu'il n'avait plus conscience de la situation. Il croyait à son martyr vrai, et n'était plus dans son rôle, pour opposer aux tortures simulées de ses bourreaux la sérénité et l'espoir de son prochain triomphe au ciel. Haletant, ruisselant de sueur, convulsé, plein d'épouvante et de vertige, le malheureux, rassemblant un reste de force, s'écria :

« — Grâce ! grâce ! Messire le bourrel !

« Le silence, qui suivit ces paroles, fut brusquement interrompu par la voix glapissante d'un garnement à figure de singe, suspendu aux poteaux cormiers de la maison du *Signe-de-la-Croix.*

« — Oyez donc ! Languille crie devant qu'on ne l'écorche...

« Un éclat de rire accompagnait ces mots.

« Oubliant son émotion et la gravité du drame, la foule fit chorus. Le Mystère en demeura court.

« — Languille crie devant qu'on ne l'écorche ! répéta toute la place.

« L'allusion avait été saisie. C'en était fait de Lan-

guille, de saint Barthélemy, des Tartares et des tour-
menteurs : le charme était détruit, l'attention générale détournée.

« Le tumulte soulevé par cet épisode ne saurait être
retracé. Les clameurs, les rires, les trépignements
de la foule en délire terminèrent la journée. Le Mystère fut oublié, mais le mot resta.

« L'aventure servit à la renommée des anguilles
pêchées sous les ponts et sous les moulins de Melun.
Le dicton qui la consacra se répandit dans la France
entière, et Rabelais assura sa durée en la reprodui-
sant dans le XVIIIe chapitre du livre premier de
Gargantua, qu'il écrivit en 1535 :

« — Bren, Bren, dist Picrochole, vous semblez les
anguilles de Melun, vous criez avant qu'on vous
escorche ! »

« La renommée de l'anguille de Melun est passée en
proverbe ; on l'a chansonnée sur tous les airs : elle a
inspiré le nom d'une société philanthropique de
Melunois de Melun, la *Société de l'Anguille* (1897) ;
nos pères l'ont acclamée au théâtre : en l'an XII de la
République, *l'Anguille de Melun*, très amusant vau-
deville en un acte de Georges Duval, faisait florès et
salle comble au théâtre de la Montansier, aujourd'hui
le Palais Royal.

CHAPITRE XVIII

Les Églises

La plus ancienne des deux plus importantes églises que Melun ait possédées est celle de

NOTRE-DAME

située dans l'île, édifice de style roman, auquel le style ogival de la fin du XIIe siècle et celui de la Renaissance ont fait des apports et modifications importantes. L'harmonie des proportions et des lignes et la régularité du plan font de cette église un beau monument.

Elle a été réparée et en partie reconstruite vers 1855-1860 sur les plans de Millet, architecte des monuments historiques, qui a conservé l'ancienne disposition.

La tour nord est romane ; celle du sud qui porte les initiales de François Ier avec la salamandre est de la première moitié de XVIe siècle. La façade est d'un style ogival en décadence et d'époque Renaissance. Les portes latérales élégantes et gracieuses sont contemporaines de la façade.

Le roi Robert jeta au XIe siècle les premiers fondements de l'église Notre-Dame et y établit le collège des chanoines séculiers qui subsista jusqu'en 1790.

La nef, sauf les voûtes et les colonnettes qui les supportent adossées aux piliers, est du xiᵉ siècle. La construction est un peu lourde, timide ; le plein cintre en est l'élément générateur. Le plan primitif, conçu d'après la forme rectangulaire des édifices antiques, fut modifié aux deux siècles suivants par l'adjonction du transsept et du chœur, qui avec les voûtes et les colonnettes de la nef, ont bien l'ogival de ces époques.

Sous Louis XII et François Iᵉʳ, d'importants travaux modifièrent, mais légèrement, l'église Notre-Dame ; notamment la réfection des portails et de la tour.

On a quelquefois attribué à des maîtres comme le Primatice, Jordaens, Sébastien Franck, des tableaux de l'église Notre-Dame, comme *Moïse sauvé des Eaux*, qui serait du premier, la *Descente de Croix*, qui serait du deuxième, l'*Ecce Homo*, que Franck aurait exécuté. Ces attributions sont discutables.

On remarque aussi dans cette intéressante église une *Ascension*, de l'école de Mignard, un *Christ en Croix*, du xviiiᵉ siècle, une *Sainte-Famille*, copie d'une toile d'un maître italien.

La collégiale recueillit naguère des œuvres d'art provenant des églises Saint-Ambroise et Saint-Etienne et de la chapelle de l'hôpital Saint-Nicolas, supprimées ou détruites à l'époque révolutionnaire et notamment un grand tableau d'autel qui représentait Jeanne de France introduisant les Religieuses Annonciades à Melun au xviᵉ siècle, œuvre vendue autrefois ; et une ancienne sculpture sur bois représentant *Saint Hubert*, aussi disparue. Un dyptique du xvᵉ siècle que le ministre d'Etat, Etienne Chevallier, avait offert à cette époque à la collégiale, ne s'y trouvait plus dès le xviiiᵉ siècle. Cette œuvre, attribuée à Jehan Foucquet, le célèbre peintre enlumineur, n'est plus même en son entier et le musée de Francfort-sur-le-Mein en possède l'un des panneaux. On y voit la belle Agnès Sorel et Etienne Chevallier.

On remarque dans cette église la pierre tombale de Denis de Chailly et de sa femme.

Ce vaillant chevalier d'origine briarde avait été défenseur de Melun contre les Anglais, et compagnon de Jeanne d'Arc, de Lahire, de Dunois, de Barbazan.

SAINT-ASPAIS

L'irrégularité de cet édifice, construit, dans son ensemble actuel, au xvᵉ et au xviᵉ siècles, le rend comparable aux bizarres églises Notre-Dame d'Etampes, Saint-Médard à Creil et Saint-Symphorien près de Tours.

Le plan général est une sorte de quadrilatère, s'élargissant sensiblement de la façade au chevet, caractère qu'offrent précisément les trois types que je viens de mentionner. Dans cet espace resserré entre des rues étroites et fort anciennes, on a pu aligner cinq nefs, celle du centre, la principale, terminée en une abside très peu profonde. L'architecture est d'une grande richesse, mais n'offre, en dehors du plan, aucun caractère particulier.

L'église occupe l'emplacement d'un édifice fondé sous les premiers Capétiens.

Quelques parties sont postérieures au xvıe siècle. La première pierre de la tour fut posée en 1468 ; le chevet fut entrepris en 1506, sur les plans d'un architecte parisien, Jehan de Félin. La nef principale est de 1545.

L'ensemble de l'édifice est de la dernière époque du style ogival. La singularité du plan est due sans doute à la configuration irrégulière du terrain et aux additions et constructions faites à diverses époques.

Les vitraux anciens ont quelque valeur et la Renaissance a laissé d'intéressants motifs dans la décoration intérieure.

Les vitraux historiés du xvıe siècle qui ornent les fenêtres de Saint-Aspais sont une des véritables et intéressantes beautés de cet édifice. Le peintre verrier était certes un habile artiste, peut-être même un élève de l'illustre Jean Cousin ; du moins quelques panneaux des fenêtres de l'abside autorisent cette attribution, alors que les grandes verrières latérales du chœur et les fenêtres de la chapelle de la Vierge rappellent plutôt la manière d'un autre artiste notoire, Robert Pinaigrier.

L'élégance et la correction du dessin, la vivacité du coloris, la richesse dans les détails, la profusion des broderies dans le vêtement des personnages, la multiplicité comme la précision des encadrements d'architecture rehaussés d'arabesques : le tout forme un ensemble d'une réelle beauté. Quelques traces de restaurations, exécutées en 1847-1849, 1863, 1869 sont évidentes, mais l'habileté des restaurateurs a été telle que le cachet des anciens vitraux n'a jamais été altéré.

Les trois baies en lancettes qui ajourent le chevet de l'abside laissent lire *l'histoire de Dieu* et *l'histoire de l'homme*, encadrant *l'histoire du Christ après sa résurrection*, sorte de trilogie, page des Écritures saintes, dont le sujet est emprunté à la Genèse. Une restauration, en 1807, a laissé sa trace personnelle sous formes de petites vitres portant des écussons aux monogrammes du Christ et de la Vierge.

Les deux fenêtres latérales du chœur relatent : l'une, la plus rapprochée du sanctuaire, *l'histoire de saint François d'Assise*, don de la fille d'un riche bourgeois Melunois, Denise Malhoste en 1530, suite de scènes historiques, accompagnée d'un précieux petit vitrail aux armes de la ville en un écu découpé à l'italienne (1), ainsi que d'un autre petit vitrail du xive siècle racontant *l'Ascension de Jésus-Christ* ; l'autre, « d'un assez bon goust et d'un bel apprest », *l'histoire de saint Joseph* en cinq épisodes. Un élève de Robert Pinaigrier le père a certainement composé ces deux belles œuvres.

---

1. D'azur portant un château au naturel.

La verrière de la chapelle de la Vierge, en partie refaite en 1865, montre la Vierge, la Salutation Angélique et la Mort de la Vierge.

Le sujet principal qui remplissait la verrière de la *chapelle des d'Orléans Longueville* a disparu et les meneaux ont été remplis par des vitraux portant six écussons aux armes de cette illustre maison, troisième branche de la famille des vicomtes de Melun et de ses alliances au xvIᵉ siècle : véritable arbre généalogique, sans doute accompagné primitivement par les portraits des patrons de la famille, auxquels on a substitué au siècle passé deux scènes intéressantes empruntées à l'histoire même de la ville : saint Louis distribuant des aumônes aux pauvres, à l'entrée de son château en l'île ; saint Louis assistant à la procession de la Croix-Boissée, au delà du Vieux-Marché, le dimanche des Rameaux.

Les vitraux de la chapelle Saint-Loup, placés en 1527 aux frais de la confrérie des bouchers en l'honneur de leur patron, racontent par l'image une légende melunoise : la consécration du saint ; deux miracles opérés par lui (l'apaisement d'une tempête et l'extinction d'un incendie) et donnent, en outre, une représentation du château de Melun avec son donjon, ses tourelles, ses courtines et les contreforts de la double enceinte.

Les verrières modernes de l'église Saint-Aspais n'ont d'intérêt que parce que les sujets en ont été empruntés à l'histoire locale ; notamment les grands vitraux du collatéral sud où l'on voit : saint Aspais prêchant l'évangile au IVe siècle ; l'apostolat et la prédication de saint Barthélemy, en plusieurs scènes ; les miracles accomplis en l'église Saint-Liesne par l'intercession de saint Liesne et la translation de ses reliques à l'abbaye de Saint-Père.

Saint-Aspais possède un tableau peint sur bois au XVIe siècle représentant la *Cène*, qui est dû probablement à un artiste de l'école de Fontainebleau.

Un tableau, rétabli en 1897 grâce à la libéralité d'un bienfaisant Melunois, fin connaisseur d'art, M. Jules Salleron, mérite d'être signalé ; c'est la *Mort du Christ sur le Golgotha*, par Schopin, qui mourut, on le sait, peu d'années avant la guerre de 1870-1871, à Fontainebleau. Ce Christ appartenait, à la vérité, à notre église depuis 1872 ; M. Salleron l'a fait restaurer. L'ancien prix de Rome, collaborateur d'Horace Vernet dans la plupart de ses grandes toiles conservées au Musée de Versailles, avait consenti à des sacrifices d'argent pour que son tableau restât à Melun.

La scène du plus grand drame de la vie du Christ est saisissante en même temps qu'originale si l'on considère la manière pour ainsi dire classique dont les maîtres jusqu'alors avaient rendu le même sujet. Un dragon de l'Impératrice posa à Fontainebleau pour le personnage éminent, et les fatigues intenses des longues poses avaient donné au visage du modèle la physionomie douloureuse que le pinceau de l'artiste a rendue avec une passion d'exactitude, un réalisme poignant.

La Révolution fit disparaître de l'église Saint-Aspais le jubé ou pupitre en bois établi sous Louis XIII par un maître-huchier de Brie comte Robert, Guillaume Delacourt qui s'était inspiré des rétables et tabernacles existant alors à Paris dans les églises des Feuillants, des Blancs-Manteaux et de Saint-Martin-des-Champs, et avait placé entre les colonnes les figures de saint Aspais et de saint Jean-Baptiste.

Le grand portail du côté de la rue du Miroir montre de fort jolis détails d'ébénisterie : la porte en chêne sculpté, contemporaine de la reconstruction de l'édifice dans le premier quart du xvie siècle, est intéressante, malgré la couche épaisse de peinture qui l'empâte. Chaque battant est divisé en deux compartiments par un linteau horizontal en saillie. A gauche, la gorge est rehaussée par une guirlande de feuillage de chêne dont un éléphant mange les glands ; à droite, par un rinceau de vignes à grappes énormes. Aux extrémités des anges jouent de divers instruments. Les mutilations qu'ils ont subies, les couches pâteuses de peinture permettent à peine de reconnaître une harpe et une viole.

Chaque compartiment est rempli de moulures enroulées en application, surmontées de têtes grimaçantes. Viollet-Leduc faisait cas de la curiosité artistique du portail, beau spécimen de la menuiserie du xvie siècle.

La sacristie qui borde la rue Sébastien-Roulliard, la flèche qui surmonte la tour et d'autres travaux de restauration, ont été exécutés en 1868-1869 sur les plans d'un architecte melunois, M. Buval.

Le petit cimetière qui subsista jusqu'au xvi° siècle contre le bas-côté nord occupait un emplacement sur lequel on a ouvert en 1859 la rue dite aujourd'hui Sébastien-Roulliard, du nom du premier historien de la ville.

CHAPITRE XIX

Le Melun moderne. — Les monuments. — Commerce,
industrie. — Le conseil municipal

La ville a élevé le 20 mai 1860 une statue à son
plus illustre enfant Jacques Amyot, dans la cour de
l'Hôtel de ville. L'inscription mise sur le piédestal
de l'œuvre du sculpteur melunois Eugène Godin
est la plus édifiante et la plus brève biographie que
l'on puisse faire du célèbre traducteur de Plutarque :

ENFANT D'UNE FAMILLE HUMBLE ET PAUVRE
IL VA CHERCHER LA SCIENCE A PARIS,
SEUL SANS APPUI.
SERT DES ÉCOLIERS POUR VIVRE ET S'INSTRUIRE.
MAÎTRE ÈS ARTS A XIX ANS
PROFESSEUR DE GREC ET DE LATIN A L'UNIVERSITÉ DE BOURGES
HONORÉ POUR SES ÉCRITS
DE L'ABBAYE DE BELLOZANE PAR FRANÇOIS Iᵉʳ
PRÉCEPTEUR DE DEUX FILS DE HENRI II
GRAND AUMÔNIER DE FRANCE, ÉVÊQUE D'AUXERRE,
COMMANDEUR DE L'ORDRE DU SAINT-ESPRIT,
TOUJOURS MODESTE, RETIRÉ, LABORIEUX,
BIENFAISANT ET TOLÉRANT POUR TOUS.

Au bord de la Seine, à l'entrée du boulevard Victor-

Hugo, Melun a érigé un buste de *Pasteur* (1897).
La Brie agricole est l'une des régions qui doivent le
plus à l'immortel savant. Une inscription, placée
sur l'une des faces du monument, rappelle que c'est
à Pouilly-le-Fort, près de Melun, et grâce au concours de la Société d'agriculture de Seine-et-Marne
que le grand savant français fit en 1881 ses mémorables expériences sur la vaccination charbonneuse.

Un autre monument dû à l'initiative privée a été
érigé le 21 juin 1896 dans la cour de l'école libre
de Saint-Aspais ; c'est une statue.

A LA

VÉNÉRABLE

JEANNE D'ARC

EN MÉMOIRE

DE SON PASSAGE AUX FOSSÉS

DE MELUN

ÉCOLE SAINT—ASPAIS

Souvenir des trois passages de Jeanne en 1429, une
première fois au mois d'août, une seconde en septembre, enfin, peu avant sa prise à Compiègne, en
avril 1430.

Un médaillon en bronze de Henri Chapu enchâssé
en 1872 dans la muraille, au chevet de l'église Saint-
Aspais, rappelait seul, aux yeux, le souvenir de ces
faits mémorables.

La statue présente la guerrière à peu près dans
l'attitude de la statue du pont de la Loire à Orléans.

Parmi les édifices modernes, on remarque :

Le coquet hôtel de la Caisse d'épargne, édifié en 1889 vis-à-vis du portail de l'église Saint-Aspais, en un bon style par MM. Haran et Prony architectes ; l'agencement intérieur a été bien compris.

L'Hôtel de ville construit en 1847 par un enfant de Melun, l'architecte Gilson, dans le goût de la renaissance et en utilisant quelques vestiges d'un ancien hôtel.

Par l'une des tours on accède aux bureaux municipaux, par l'autre à la bibliothèque et au musée, qui ont pour conservateur M. Rayon, successeur de M. Gabriel Leroy.

La bibliothèque riche d'environ 25.000 volumes dont une partie (les bons vieux ouvrages d'érudition historique) provient des anciens monastères de la région, remplit plusieurs salles et est ouverte au public quatre jours par semaine. Elle est trop peu fréquentée.

Le musée, installé dans les vastes salles récemment aménagées, a été fondé en 1860 par M. Courtois, présente de forts intéressants objets antiques trouvés à Melun même et dans ses environs ; beaucoup de tableaux de diverses écoles : une *Tête d'Actéon* de Delacroix, *Coup de vent au bord de la mer* de Defaux, un beau paysage d'Amédée Servin, la *Nourrice* de Chardin, un *Arioste et les Brigands* de Mauzaise (originaire de Corbeil, auteur du magnifique portrait de Henri IV conservé dans la galerie de Diane, au château de Fontainebleau), des *Chasses* de Vander.

Meulen et de Desportes, l'*Amour et Vénus*, de Boucher, un dessin de Lesueur, une *Scène Champêtre*, de Paul Bril, un portrait de *La Mauresse*, prétendue fille de Louis XIV, qui fut abbesse du couvent des Bénédictines de Moret-sur-Loing, quelques toiles encore de Eugène Lavieille, François Bonvin, Célestin Nanteuil ; en somme quelques excellentes peintures.

Le musée a reçu en don des bas-reliefs de Henri Chapu, un *Semeur*, beau plâtre du même sculpteur, et le modèle en plâtre de la statue de Daubenton, que l'on voit à Paris au Jardin d'Acclimatation ; et en 1904, de M. Armand Cassagne, une fort intéressante collection de dessins, tableaux, aquarelles, faits en Auvergne, en Normandie et à Fontainebleau (parc et forêt).

Sur la place Saint-Jean, ville haute, une grande fontaine en bronze établie en 1866 est décorée de statues représentant les trois rivières de Seine, Yonne et Marne qui arrosent le département.

A côté, le clocher Saint-Barthélemy (1740) et la préfecture, où sont les services administratifs du département et le dépôt des archives anciennes et modernes ; et les belles constructions et le parc magnifique de l'école Saint-Aspais, institution ecclésiastique estimée.

A l'extrémité nord-ouest de la ville, s'élève le collège municipal Jacques Amyot, construit sur les plans et sous la direction de M. Touzé, architecte, et inauguré le 5 août 1885. L'aménagement est bien entendu.

L'Ecole normale d'institutrices au sud de la ville, a été bâtie en 1880 par M. Bulot architecte melunois.

L'hôpital formé de la réunion des anciens Hôtels-Dieu, Saint-Jacques et Saint-Nicolas, existe depuis 1793 dans les bâtiments de l'ancien couvent des Récollets, modifiés ultérieurement pour les besoins du service. La chapelle a été restaurée et embellie.

Un décret impérial du 31 mai 1807 a confirmé la translation de l'hôpital Saint-Jacques dans le couvent des Récollets.

Les services de l'hôpital sont aujourd'hui laïcisés.

Le blé, principale culture des plaines de la Brie, est le seul produit qui donne lieu à des transactions véritablement importantes, dans les marchés de Melun, le samedi. Les ventes se font sur échantillons et non plus comme autrefois au moyen d'apports sur place qui faisaient vivre la corporation des portefaix et mesureurs.

Une grande brasserie (Gruber), une tréfilerie de rotin, une fabrique de dragées (Jacquet) qui, bien que située sur le territoire de Dammarie, contigu à celui de Melun, occupe nombre d'ouvriers et d'ouvrières habitant cette ville, quelques fabriques d'étoffe de laine, de toiles peintes, de calicots, des scieries mécaniques, des moulins, des chaudronneries, des teintureries, une fabrique de billards, com.

merce de grains, farines, fromages de Brie (le brie de Melun), laines et bestiaux : tels sont les éléments de la vie commerciale et industrielle de Melun.

De notables commerçants ont établi des ateliers où sont reçus, logés, employés et rétribués les anciens... pensionnaires de la Maison centrale, d'un placement difficile ailleurs ; œuvre philanthropique digne d'être encouragée.

La ville est avantagée au point de vue des communications : la grande ligne sur Paris, d'une part, et, d'autre part sur la Bourgogne et le Bourbonnais ; la ligne de Corbeil à Montereau, se croisant ici avec la grande ligne ; le tramway conduisant de la gare à Barbizon ; et le tramway reliant Melun à Verneuil, c'est-à-dire avec les lignes de Mulhouse et de Vincennes-Paris.

TABLE DES MATIÈRES

CHAPITRE XII. — *La Révolution*. — Les états généraux
de 1789; les cahiers du bailliage de Melun; vœux
modérés et justes; conservation de la monarchie; les députés. — Années malheureuses; la
question des subsistances; marchés agités par
l'émeute. — Elections municipales. — L'imprimeur Tarbé à Melun : le *Journal de Seine-
et-Marne*. — La formation du département;
Melun, chef-lieu (1790). — La Société des *Amis
de la Constitution* (novembre 1790), monarchistes
constitutionnels : la création d'un papier-monnaie local. — Les moines de Melun et l'abolition
des vœux monastiques. — Les biens ecclésiastiques à Melun et la nationalisation; ventes. —
Meaux reste le siège épiscopal : Pierre Thuin,
évêque constitutionnel (1791). — Les Melunois
favorables à la monarchie constitutionnelle. —
Difficulté des approvisionnements. — La Patrie
en danger ! — Le régime de la Terreur; Métier,
curé constitutionnel, la société populaire, les
Jacobins (1792-1794). — Persécution religieuse;
abolition du culte catholique; l'Être suprême. —
Dubouchet et Mauve, représentants du peuple,
en mission à Melun. — Changement de noms de
rues. — Le 9 thermidor; déchéance de Métier;
désarmement des terroristes melunois. — Le culte
de la Raison; les cérémonies décadaires (an III-
an IX). — Insécurité des campagnes : les chauffeurs (an IV). — Saint-Aspais *temple de la Patrie*

Imp. Henri Jouve, 15, rue Racine, Paris

ERRATA

Page 121, ligne 10, *au lieu de :* Beaudoins, *lisez :* Beaudoin.

P. 156, l. 22, *après :* toujours *intercalez :* en violation.

P. 164, l. 8, et p. 176, l. 12, 17 et 27, *au lieu de :* Joseph II, *lisez :* François II.

P. 182, l. 26, *au lieu de :* Bierne, *lisez :* Bière.

P. 183, l. 24, *au lieu de :* Mornant, *lisez :* Mormant.

P. 201, l. 25, *au lieu de :* aujourd'hui, *lisez :* naguère.

P. 209, l. 5, 10, 13, *au lieu de :* Galéne, *lisez :* Galére.

P. 217, l. 5, *au lieu de :* Bigot, *lisez :* Rigot.

P. 222, l. 15, *au lieu de :* Duvozier, *lisez :* Durozier.

P. 226, l. 11, *au lieu de :* dernier, *lisez :* 1908.

— l. 13, *au lieu de :* deux, *lisez :* cinq.

— — *dernière phrase :* le monument de G. Leroy a été inauguré dans le jardin public derrière l'hôtel de ville le 24 octobre 1909 ; il est dû à un artiste Melunais, le sculpteur Gaulard.

P. 246, l. 3, *au lieu de :* bûchier, *lisez :* huchier.

— l. 29, *au lieu de :* Rouillard *lisez :* Roulliard.

P. 247, l. 6, *même correction.*

P. 250, l. 13, *au lieu de :* Lenoy, *lisez :* Leroy.

P. 262, l. 23, *au lieu de :* Mauve, *lisez :* Maure.

P. 263, l. 12, *au lieu de :* Joseph, *lisez :* François.

www.ingramcontent.com/pod-product-compliance
Lightning Source LLC
Chambersburg PA
CBHW070451030726
47503CB00004B/986